Claudia Kern

Das große Handbuch der DÄMONEN & VAMPIRE

Aufgezeichnet vom Wächter
Kommentiert von Buffy und Spike

HEEL

IMPRESSUM

Heel Verlag GmbH
Gut Pottscheidt
53639 Königswinter
Tel.: 02223 9230-0
Fax: 02223 9230-13
www.heel-verlag.de
service@heel-verlag.de

Autorin:
Claudia Kern

Lektorat:
Juliane Waltke

Zeichnungen:
© Herbert Menzel

Satz und Gestaltung:
Collibri, Königswinter,
Christine Greguletz

Druck:
Stalling GmbH, Oldenburg

Printed and bound in Germany

ISBN 3-89880-164-0

INHALT

Einleitung 4

TEIL 1: GRUNDLAGEN

Vorwort (Rupert Giles) 8
Intro Wächter (Elizabeth Baldwin) 11
Höllendimensionen und Magie 14
Von Blutsaugern und Fledermäusen – Vampirlegenden und die Wahrheit 19
Mit Zähnen und Klauen – Werwölfe und Geisteskranke 40

TEIL 2: AUSZÜGE AUS DEM TAGEBUCH DES RUPERT GILES

Der Meister 53
Bezoar-Dämon 66
Spike alias William, der Blutige 72
Drusilla 90
Angelus 96
Die Macht 106
Hänsel-und-Gretel-Dämon 112
Der Bürgermeister 118
Gachnar 126
Die Gentlemen 130
Fyarl-Dämon 138
Adam 144
Dracula 150
Queller-Dämon 156
Glory / Ben 160
Sweet 168
Faith 174
Willow (Gasteintrag) 186
Gnarl 194
Anyanka alias Anya alias Aud 198

TEIL 3: INDEX

Bodycount: Wer wurde wann, wie und wo von Buffy zur Strecke gebracht? 204

INSANES NUMQUAM MORIUNTUR

Für Berit
For Elizabeth
Für Jessie

Und für Stephan, der Monate voller „Buffy" ertrug.

EINLEITUNG

Was Ideen angeht, hört sich diese hier nicht ganz so kompliziert an wie die Erfindung von Penizillin. Ein „Buffy"-Buch sollte es werden, nichts Schwieriges, nur eine Auflistung der Dämonen mit besonderem Augenmerk auf ein paar Höhepunkte. Irgendwie mutierte diese Liste zum Tagebuch von Rupert Giles (nicht dem kompletten Tagebuch, nur den relevanten Auszügen). Ein Telefongespräch später hatten wir zusätzliche Artikel über Vampire, Werwölfe, Dimensionstore, und nach einem weiteren Telefonat entschlossen wir uns, Giles' Auszüge von Buffy und Spike kommentieren zu lassen. Das Ganze sollte ein Handbuch für auszubildende Wächter werden (und alle, die sich an Wesley in der dritten Staffel erinnern, wissen, dass sie dringend eines gebrauchen können), das Giles zufällig im Summers-Haus liegen lässt, wo es von Buffy und Spike gefunden wird.

Aber wann?

Das war die Frage, auf die es keine einfache Antwort gab. Zum Zeitpunkt dieses Textes sind wir noch sechs Folgen vom Ende der Serie entfernt. Nichts ist klar, weder wer leben, noch wer sterben wird. Das Verhältnis zwischen Buffy und Spike ist ungeklärt, alles hängt in der Schwebe.

Um wenigstens den gröbsten Problemen aus dem Weg zu gehen, habe ich mich für folgende Chronologie entschieden:
Die gesamten Texte, inklusive der Einleitung des Rats, entstanden vor dem 5. November 2002. Giles' Nachtrag zu seiner Einleitung stammt vom 19. November, während die Kommentare von Buffy und Spike um den 4. Februar 2003 herum entstanden. Die Chronologie der Tagebucheinträge erschließt sich natürlich aus den Daten, die dort angegeben sind.

Und noch was zu den Tagebucheinträgen. Eigentlich müssten *Buffys* und **Spikes** Kommentare separat am Rand oder auf kleinen Zetteln stehen, aber um den Lesefluss zu vereinfachen, haben wir sie in die Textstelle eingesetzt, auf die sie sich beziehen.

Das ist zwar alles immer noch nicht so kompliziert wie Penizillin, aber wir bewegen uns schon mal in die richtige Richtung.

Zuletzt möchte ich noch meiner Lektorin Juliane danken und darauf hinweisen, dass alle Fehler ganz allein mein Eigentum sind. Eines, was vielen auffallen wird, ist allerdings beabsichtigt: Im Gegensatz zur deutschen Synchronisation duzen sich hier Buffy und Giles, weil ich das einfach für wahrscheinlicher halte.

Claudia Kern
Bonn, März 2003

TEIL 1

GRUNDLAGEN

Ardua prima via est. – Ovid

Vorwort

Es gab eine Zeit, in der hätte ich weder die Entscheidungen noch die Methoden des Wächterrats angezweifelt, doch das ist längst vorbei. Die Erfahrungen, die ich im Umgang mit dem Rat und einem Wächter speziell gemacht habe, brachten mich nach reiflicher Überlegung zu der Erkenntnis, dass ein solches Werk, wie es hier in Anfängen vorliegt, nicht nur praktisch, sondern vielleicht sogar essenziell sein könnte.

Die Zusammenarbeit zwischen Buffy, der Auserwählten, und mir hat man zu unterschiedlichen Anlässen als unorthodox, katastrophal, verantwortungslos, undiszipliniert und gefährlich bezeichnet, aber auch als eine der erfolgreichsten Leistungen in der Geschichte des Wächterrats – selbstverständlich hinter unserem Rücken, da Lob in diesen Reihen weder erwartet noch gegeben wird. Ich glaube nicht, dass irgendjemand die Welt öfter vor den Kräften des Bösen gerettet hat als Buffy. Ihr ist es zu verdanken, dass es überhaupt noch jemanden gibt, der diese Zeilen schreiben oder lesen kann.

Der Wächterrat hat diese bemerkenswerten Leistungen nie kommentiert, doch ich bin sicher, dass man sich ihrer bewusst ist. Ebenso muss man sich dort fragen, welchen Grund es hat, dass Buffy siegt, wenn alle anderen scheitern, und dass sie allen Widerständen zum Trotz bis heute überlebt hat. Sogar der Tod konnte sie nicht dauerhaft besiegen.

Man fragt sich das im Wächterrat, doch die Arroganz, die aus einer 1000-jährigen Geschichte entspringt, sorgt dafür, dass diese Frage niemals laut ausgesprochen wird.

Daher möchte ich den neuen Wächtern, denen, die noch nie einer Auserwählten, geschweige denn einem Vampir begegnet sind, die Gelegenheit geben, Antworten auf ihre Fragen zu finden. Das folgende, nennen wir es „Handbuch", ist ein bescheidener und in keinster Weise vollständiger Versuch, die gröbsten Missverständnisse aus dem Weg zu räumen und den Wächtern einen Blick auf den Alltag mit der Auserwählten zu gewähren.

Zur besseren Strukturierung und Übersichtlichkeit der Texte, beginne ich mit einem allgemeinen Teil, in dem die wichtigsten Untergattungen der Dämonen noch einmal vorgestellt werden. Den meisten Wächtern sind diese bereits bekannt, aber ich glaube, dass auch sie einige Aspekte finden werden, die ihnen aus der rein theoretischen Arbeit nicht geläufig sind.

Im zweiten Teil zeige ich anhand einiger Tagebuchauszüge, welche Begegnungen die Auserwählte und ihre Verbündeten im täglichen Kampf gegen das Böse hatten, welche Form das Böse annahm und wie es besiegt wurde. Um diese Ereignisse möglichst authentisch wiederzugeben, habe ich auf jegliche Korrektur der Originaleinträge verzichtet. Sie geben somit das Bild wieder, das ich zu diesem Zeitpunkt von der Situation und der Auserwählten hatte. Natürlich ist beides rückblickend nicht immer richtig gewesen, aber zumindest die Art des Bösen und seine Vernichtung sollten objektiv genug sein, um als Handbuch zu funktionieren. Die von einem örtlichen Künstler angefertigten Illustrationen ergänzen die Daten, die über die jeweilige Kreatur vorliegen. Ich nehme an, damit späteren Wächtern zumindest einen kleinen Dienst erweisen zu können.

Sie mögen mir die Hoffnung verzeihen, dass es noch sehr lange dauern möge, bis jemand von ihnen dieses Wissen verwenden muss.

Rupert Giles

Sunnydale

Nachtrag: Die Ereignisse der letzten Monate scheinen dieses Handbuch ad absurdum zu führen. Trotzdem wird sich eine Gelegenheit finden, um es einzusetzen. Es gibt zu viele Gefahren in der Welt und zu wenige, die sie vor ihnen schützen.

Intro Wächter

Als Rupert anrief und mich bat, ihm bei dieser Zusammenstellung zu helfen, sagte ich sofort zu. Wir waren enge Freunde, sehr enge Freunde während unserer Wächter-Ausbildung gewesen, aber durch seine Arbeit mit der aktiven Auserwählten war es schwer, den Kontakt zu halten. Natürlich habe ich seine letzten „Abenteuer" durch die Ratsberichte und die Auszüge aus seinen Tagebüchern, die durch die verschiedenen Abteilungen kursierten, verfolgt, aber diese kalten analytischen Berichte vermitteln nichts vom dem Horror, dem Rupert Giles, Wächter, und Buffy Summers, Jägerin, gegenübergestanden haben.

„Abenteuer" – Das erscheint wie eine unpassende und unangebrachte Beschreibung der Dinge, die dieser bemerkenswerte Mann in den letzten sieben Jahren erlebt hat. Er und seine Jägerin bekämpften und überlebten einige der schrecklichsten Dämonen, die je über diese Erde gewandelt sind. Sie sind dem Bösen in all seinen mystischen Proportionen entgegengetreten, sogar Kreaturen aus Legenden, und haben doch jedes Mal triumphiert. Es ist unglaublich, aber die Auserwählte ist zweimal gestorben und doch zum Kampf zurückgekehrt!

Ruperts tatsächlichen Tagebucheinträge, seine Notizen und Aufzeichnungen zu lesen, ist auf vielen Ebenen eine sehr emotionale Erfahrung. Intellektuell war es natürlich äußerst stimulierend. Rupert Giles war einer der besten Studenten der Akademie und es gibt vermutlich niemanden auf der Welt, der über größere praktische Erfahrung über die Unterwelt und die vielen anderen Welten verfügt. Ich war also auf eine informative und faszinierende Lektüre vorbereitet. Allerdings ahnte ich nichts von den Emotionen, die diese Einträge auslösen würden.

Zum einen war es für mich persönlich schmerzhaft zu erfahren, was mein lieber Freund durchstehen musste. Er ist ein guter Mann, der das nicht verdient hat, aber wie immer bürdet er sich zuviel auf. Ich weiß, dass Sie, die auszubildenden Wächter auf einen Platz an der Front unseres Kampfes hoffen, aber wenn Sie diese Einträge lesen, werden Sie vielleicht verstehen, welcher Preis dieser Krieg von Ihnen fordern wird.

Zum zweiten war es wundervoll zu erkennen, dass es solche Menschen auf der Welt gibt, nicht nur Rupert und seine Jägerin, sondern ihre Freunde, Zivilisten, wenn man so will, die unglaublichen Mut und Hartnäckigkeit im Angesicht überwältigender Gegner gezeigt haben. Wie sie bei einem solchen Leben immer noch scherzen können, werde ich nie verstehen.

Und zuletzt hat mir diese Lektüre Demut beigebracht. Als eine Wächterin in der Archivsektion weiß ich, dass ich zum Kampf gegen das Böse beitrage. Rupert hat selbst hier angerufen und um Hilfe gebeten und ich hoffe, dass diese Informationen nützlich waren. Aber ich bin hier, innerhalb der Ratsbibliothek, sicher, während er sein Leben täglich auf dem Höllenschlund riskiert. Ich spüre Demut und sogar ein wenig Scham.

Ich habe die wissenschaftlichen Artikel dieses Trainingshandbuchs zusammengestellt und bin sicher, dass sie Ihnen bei Ihrem Verständnis der gängigeren Dämonen und Kreaturen, die unsere Welt heimsuchen, helfen werden. Ich kann allerdings nicht genug betonen, wie wichtig Ruperts Einträge sind, denn sie stammen nicht aus den alten Büchern, mit denen wir uns umgeben, sondern aus selbst erlebten Kämpfen und Schlachten. Ich glaube, es ist keine Übertreibung, wenn ich behaupte, dass wir heute nur wegen des Mutes und der Taten von Rupert und der Auserwählten hier sitzen und lernen können. Ohne sie wäre die Welt schon viele Male verloren gewesen. Lesen Sie und spüren Sie Demut! Lesen Sie und spüren Sie Inspiration! Wir schulden es ihnen, ihre Geschichte zu lesen, daraus zu lernen und in die Schlacht zu ziehen, wann immer wir gerufen werden und in der Weise, in der wir am besten dazu beitragen können.

Elizabeth Baldwin

Leitende Archivistin, Ratsbibliothek

Höllendimensionen und Magie

Ein Erklärungsversuch von Dr. Benjamin Robson, Wächter

Wenn man über Magie und Übersinnliches spricht, entsteht leicht der Eindruck, die Gesetze der Physik spielten in dieser Welt keine Rolle mehr. Nicht wenige geschätzte Wächter-Kollegen haben in der Vergangenheit diesen Fehler begangen und das Studium der Naturwissenschaften für unsinnig erklärt, doch in den letzten Jahren haben weitreichende Fortschritte und Umwälzungen in der Physik für eine Annährung beider Welten gesorgt.

Wie die Natur, so funktioniert auch die Magie nach bestimmten Gesetzmäßigkeiten. Bei einem Ritual werden Gesten, Worte und Zubehör wie Kerzen oder gemalte Symbole miteinander verwoben. Ähnlich einem Orchester, das aus einzelnen Instrumenten besteht, aber unter der Leitung eines Dirigenten zu einer Einheit verschmilzt, werden die verschiedenen Aspekte zu einem Ganzen. Die Kraft, die der Magier in dieses Ritual steckt, wird in diesem Moment in Energie umgesetzt. Diese Energie gilt nur dem einen Zweck, die Naturgesetze im notwendigen Rahmen zu umgehen und das zu ermöglichen, was der Magier erreichen will.

Das klingt dramatischer als es ist, denn im Alltag erleben wir ständig die gleiche Situation. Eine Münze fällt den Gesetzen der Schwerkraft gehorchend zu Boden. Respektiert der Mensch dieses Gesetz und lässt sie dort liegen, wo sie hingehört? Nein, er bückt sich und hebt sie auf, oder anders gesagt, er setzt Energie ein, um die Schwerkraft zu umgehen.

Magie macht nichts anderes. Auch hier wird Energie als Mittel gegen die Ausführung eines Naturgesetzes verwendet. Ob man eine Münze aufhebt oder einen Mensch schweben lässt - das Prinzip bleibt das gleiche.

Natürlich werden meine geschätzten Kollegen, die das Unromantische noch immer romantisieren, jetzt einwerfen, dass es keinen Kran gibt, der diese Person zum Schweben bringt, keine Hand, die sie einfach hinaufzieht, sondern dass sie im Gegensatz zur Münze durch die Kraft ihres eigenen Willens schwebt.

Das ist Unsinn, denn durch den Willen entsteht keine Energie. Wenn dem so wäre, hätten wir eine Welt voller schwebender Multimillionäre. Tatsächlich entsteht beim Einsatz von Magie etwas, das weitaus phantastischer, aber naturwissenschaftlich dennoch nachvollziehbar ist: eine Brücke in ein anderes Universum.

Holen wir etwas weiter aus, um das zu erklären. Bis vor einigen Jahrzehnten war unser Universum für die Physiker ein sehr geordneter Raum. Es gab drei Dimensionen - Höhe, Tiefe, Breite - , in denen sich alle Bewegungen abspielten. Damit glaubte man, alle Vorgänge im Universum beschreiben zu können, denn wohin sollte sich schon ein Gegenstand bewegen, wenn er nicht nach oben oder unten, rechts oder links, vorne oder hinten ging. Durch Einstein stieß eine vierte Dimension, die Zeit, hinzu, was sich jedoch noch gut in das bestehende Modell einfügte, denn schließlich vergeht Zeit, während sich ein Gegenstand bewegt.

In den 80er Jahren des 20. Jahrhunderts wurde diese Annahme gründlich umgeworfen, denn die Physik entdeckte, was die Magie bereits seit Jahrtausenden weiß: Es gibt mehr als nur vier Dimensionen und mehr als nur ein Universum. Das, was die Magie als Höllendimensionen kennt, beschreibt man in der Physik als Paralleluniversum. Vermutlich existiert eine unendliche Anzahl dieser Universen, in denen sämtliche Möglichkeiten Wirklichkeit werden. In einem Universum mag Elvis noch leben, im nächsten hat es ihn nie gegeben, im dritten existiert keine Masse und das Weltall ist nicht mehr als ein leerer Raum. In einem anderen sind die Dinosaurier niemals ausgestorben usw. Die Möglichkeiten sind ebenso unendlich wie die Universen und einige der Welten, die wir darin finden, sind von Dämonen bewohnt, die vielleicht einst aus unserer Realität flohen oder einen Weg in unsere suchen.

Gelingen könnte ihnen dies über so genannte Wurmlöcher oder Portale, wie sie in der Magie genannt werden. Der Höllenschlund in Sunnydale ist zum Beispiel ein besonders mächtiges Portal, da es den Zugang zu zahlreichen, von Dämonen frequentierten Paralleluniversen ermöglicht. Da diese Höllendimensionen nicht von den Naturgesetzen unserer Welt beherrscht werden, ist es durchaus möglich, ja, sogar wahrscheinlich, dass Energie dort ein höheres Niveau einnimmt als in diesem Universum. Ein Dämon, der durch ein Portal in unsere Welt gelangt, trägt diese Energie wie eine Batterie in sich und kann durch sie die Naturgesetze überwinden. Je größer die Energie, umso stärker die Veränderungen.

Aber kehren wir zurück zu dem Magier und seinem Ritual. Als Mensch dieses Universums verfügt er zwar nicht über diese Energie, doch durch sein Ritual öffnet er ein Portal in das Paralleluniversum und nimmt dessen Energie in sich auf. Dazu benötigt er natürlich selbst Energie, die er erst über einen langen Zeitraum aufbauen muss, aber sobald dies gelungen ist, steht ihm die Energie ganzer Universen zur Verfügung - ob zum Nutzen oder zum Schaden anderer bleibt ihm überlassen.

Damit kommen wir zum Ende unseres kleinen naturwissenschaftlichen Exkurses, in dem wir erfahren, dass das Magische zwar tatsächlich übersinnlich, aber keinesfalls unerklärlich ist. Interessierten Personen sei weiterführende Literatur über Superstring-Theorie, Hyperraum und M-Theorie empfohlen.

Von Blutsaugern und Fledermäusen – Vampirlegenden und die Wahrheit

(Offizieller Hintergrundbericht des Wächterrats; Autor unbekannt)

Als Bram Stoker 1897 seinen Roman „Dracula" veröffentlichte, rückte er eine Legende ins Licht der Öffentlichkeit, die in fast allen Teilen der Welt in unterschiedlichster Ausprägung existiert. Er beschrieb einen grausamen Untoten, der seine Tage aus Angst vor Sonnenlicht in einem Sarg verbringt und bei Nacht seine menschliche Beute jagt, um ihr das Blut auszusaugen. Sein Dracula, den Stoker wohl nicht zufällig nach einem rumänischen Tyrannen aus dem 15. Jahrhundert benannte, hatte besondere Fähigkeiten, die den Kampf gegen ihn erschwerten. So konnte er den Geist eines Menschen bezwingen und seinem eigenen Willen unterordnen. Eine genaue Erklärung, weshalb Dracula zu einem Vampir wurde, lieferte Stoker zwar nicht, deutete jedoch an, es habe mit einer

langjährigen Praxis der dunklen Künste zu tun.

Heute wissen wir wesentlich mehr als Stoker, der sich bei seinen Recherchen hauptsächlich auf osteuropäische Mythen verlassen musste und auch deren Übertreibungen und Fehlinterpretationen übernahm. Da die Vampirlegenden größtenteils in ländlichen Gegenden mit niedrigem Bildungsstand auftauchten, blieben sie bis weit ins 17. Jahrhundert lokal beschränkt, breiteten sich durch Reisende jedoch explosionsartig über den Balkan bis zu den griechischen Inseln aus und erreichten schließlich auch Westeuropa. Der Name Dracula oder Vlad Dracul wurde jedoch erst bei Stoker zum Synonym für einen Vampir. Der wahre Ursprung dieser Dämonen-Spezies reicht weiter zurück, bis an den Anfang der Menschheit und vermutlich sogar darüber hinaus.

Am Anfang ...

Es gibt verschiedene Theorien über die Entstehung der Vampire. Zwei der gängigsten sind christlich geprägt und nehmen ihren Ausgang am Anbeginn der Menschheit. Die eine setzt nach der Vertreibung aus dem Paradies ein, als Kain seinen Bruder Abel tötet und deshalb von Gott fortgeschickt wird. Kain, so heißt es, stammte vom Bösen und deshalb konnte auch nur Böses aus ihm entstehen. Die Erbfolge, die er gründete, bestand komplett aus Vampiren, die sich von diesem Zeitpunkt an nur durch den Tod anderer ernähren konnten und so den Kainsmakel bis ans Ende aller Zeiten mit sich tragen müssen.

Die zweite und wesentlich interessantere Theorie geht davon aus, dass Adam vor Eva eine erste Frau hatte, die den Namen Lilith trug (daher erklären sich auch die beiden unterschiedlichen Schöpfungsgeschichten). Im Gegensatz zu Eva wurde Lilith nicht aus einer Rippe Adams geschaffen, um dessen Einsamkeit zu lindern, sondern entstand ebenso aus Lehm wie Adam selbst. Damit war sie ihm ebenbürtig und zeigte ihren Stolz, indem sie Wünsche Adams verweigerte und beim Geschlechtsakt nicht unter ihm liegen wollte. Das aber widersprach dem göttlichen Gebot „seid fruchtbar und mehret euch", da sie ja nicht geschwängert wurde.

Wenn es dann doch geschah, gebar sie Adam dämonische Kinder, was sogar indirekt in der Schöpfungsgeschichte bestätigt wird, wenn es heißt:

„Und Adam war 130 Jahre alt und zeugte einen Sohn ihm gleich und nach seinem Bilde." (1. Moses 5,3)

Das impliziert zumindest, dass er vorher bereits Söhne gezeugt hatte, die ihm nicht glichen; die Dämonenkinder, von denen besonders mittelalterliche Schriften sprechen.

Adam versuchte immer wieder, Liliths Unterwürfigkeit zu erlangen, aber sie sprach schließlich wütend den heiligen Namen Gottes aus und floh aus dem Garten Eden in die Welt. Am Roten Meer begegnete sie gefallenen Engeln, schlief mit ihnen und zeugte täglich Hunderte dämonischer Wesen, die so genannten Lilim.

Adam beschwerte sich bei Gott, der drei Engel aussandte, die Lilith zur Vernunft bringen sollten. Sie weigerte sich in den Garten zurückzukehren, versprach jedoch die Kinder Adams zu verschonen, die durch die Namen der Engel geschützt wurden. So findet man in christlichen Regionen des Mittleren Ostens noch heute die Namen Sanvi, Sansanvi und Semangelaf, die mit Kohle auf die Türrahmen von Häusern geschrieben werden, in denen es eine Geburt gegeben hat.

Während Adam eine neue Frau bekam, wurde Lilith vom Dämon Asmodeus für ihre Dienste belohnt und herrscht über eine der Höllendimensionen. Da sie nicht vom Baum des Wissens gegessen hatte, war und ist sie unsterblich. Nachts erscheint sie Männern in ihren Träumen und trinkt ihr Blut, bis sie sterben. Ihre Kinder, die in der Bibel als „Nachtgespenster“ bezeichnet werden (Jesaja 34,14), ziehen weiter über die Erde, ruhelos und rastlos, stets auf der Suche nach Blut.

Die momentan gängigste Theorie stammt jedoch nicht aus der christlichen Legendenbildung, sondern aus unterschiedlichen Schriften, die im

Verlauf von Jahrhunderten zusammengetragen wurden. Daraus erschließt sich eine Weltsicht, in der die Erde nicht etwa für den Menschen, sondern für die Dämonen geschaffen und sie über einen nicht messbaren Zeitraum hinweg von ihnen beherrscht wurde. Doch irgendwann verloren diese Dämonen den Halt in unserer Realität und verschwanden in die Höllendimensionen. Gleichzeitig begannen die Menschen, die Welt zu bevölkern und die erste Auserwählte wurde geboren. Bevor jedoch der letzte Dämon diese Realität verließ, biss er einen Menschen und ihr Blut vermischte sich. So wurde der erste Vampir geschaffen.

Natürlich konnten die Menschen das Böse nicht vollständig von der Welt verbannen. Es existieren Portale zwischen den Dimensionen, natürliche und künstlich geschaffene Höllenschlünde, durch die das Böse eindringen kann. Manche Dämonen wählen diesen Weg, um die Welt neu zu erobern, die sie einst besaßen, andere sind nie gegangen, haben sich stattdessen angepasst und existieren weitgehend unerkannt unter den Menschen. Als Spezies beherrschen die Vampire diese Taktik am erfolgreichsten.

Der lange Weg nach Trannsylvanien

Da sie immer mitten unter uns lebten, ist es fast schon erstaunlich, dass sie bis ins ausgehende 17. Jahrhundert nur spärlich in Aufzeichnungen erwähnt werden.

Den frühesten Hinweis auf Vampire findet man in der mesopotamischen Hochkultur, die berühmt für ihren Reichtum an Göttern und Dämonen ist. Dort gibt es eine Geschichte über sieben Geister, die „ohne Gnade durch das Land wüten und über die Menschen herfallen. Sie verspritzen ihr Blut wie Regen, essen ihr Fleisch und saugen ihre Venen aus. Sie sind Dämonen voller Gewalt, die stetig Blut trinken."

Auch in der griechischen Mythologie tauchen um 125 v. Chr. Anzeichen für vampirische Übergriffe auf, aber das Wesen erhält dort noch keinen Namen. Es bleibt eine namenlose Gestalt.

Erst später gelangen aus dem Fernen Osten weitere Geschichten über Vampire nach Europa. Die Seidenstraße verbindet die Völker und so ist es nur eine Frage der Zeit, bis das „Nachtgespenst" endlich einen Namen erhält. Das geschieht im Jahr 1047 in einem an einen russischen Prinzen gerichteten Dokument, in dem von einem Upir Lichy, einem „bösartigen Vampir" die Rede ist. Aus dem Wort Upir entwickelt sich schließlich der Name Vampir.

Die größte Häufung von Vampir-Legenden findet man in den slawischen Gegenden und den Karpaten. Das liegt zum einen an den unterschiedlichen Volksstämmen, die diesen Teil Europas besiedelten und eigene Legenden mitbrachten. Die beiden größten Bevölkerungsgruppen wanderten im 8. Jahrhundert aus dem heutigen Iran und im 14. und 15. Jahrhundert aus Nordindien ein – beides Gegenden mit eigenen Vampir-Mythen, die sich vermischten und auch die voranschreitende Christianisierung überlebten.

Zum anderen spielt die Abgelegenheit dieses Landstrichs eine wesentliche Rolle. Vampire, die aus unterschiedlichsten Gründen (Arroganz, Dummheit, Gier) entdeckt worden waren, flohen aus den dicht besiedelten Städten Westeuropas in den Osten, um der Verfolgung durch Dämonenjäger zu entgehen. Länder wie Rumänien und Bulgarien wurden zu Zentren des Vampirismus. Es ist also kein Wunder, dass die Furcht vor Vampiren und der Wahrheitsgehalt der Mythen dort am größten ist.

Man ging davon aus, dass es sich bei einem Vampir um den Geist eines Zauberers, einer Hexe oder eines Selbstmörders handelte. Sie hatten weder Schatten noch Spiegelbild, sahen ansonsten jedoch aus wie Menschen. Durch reine Willenskraft konnten sie das Aussehen einer Fledermaus annehmen. Da das Licht der Sonne für sie tödlich war, verbrachten sie die Tage schlafend in einem Sarg und gingen nur nachts auf Jagd, um sich von Menschenblut zu ernähren. Vampire konnten ein Haus nicht einfach so betreten, sondern mussten von einem Menschen eingeladen werden. Hatte man diese Einladung erst einmal ausgesprochen, konnte der Vampir beliebig oft in das Haus eintreten. Dort saugten sie dann ihre Opfer aus, die nach dem Tod selbst zu Vampiren wurden. Sie waren nicht auf konventionelle Weise zu töten, sondern nur, in dem man ihnen entweder einen Holzpflock ins Herz rammte, ihnen den Kopf abschlug oder ihren Körper verbrannte. Weitere Methoden zur Tötung oder Abschreckung von Vampiren variierten je nach Mythos. So unterstellte man ihnen den Zwang in Heimaterde schlafen zu müssen, eine Abneigung gegen Knoblauch (in manchen Legenden kurioserweise auch Petersilie), die Unfähigkeit fließende Gewässer zu überqueren und eine Angst vor heiligen Gegenständen, vor allem Kreuzen und Weihwasser.

Ein Teil dieser Aussagen konnte durch unabhängige Forschungen bestätigt werden, doch die Behauptungen über Heimaterde, Petersilie und fließende Gewässer haben sich längst als falsch herausgestellt. Auch ist es nicht richtig, dass das Opfer eines Vampirs automatisch selbst zu einer solchen Kreatur wird. Dazu benötigt man ein Ritual, bei dem der Mensch unmittelbar vor dem Tod das Blut des Vampirs trinkt.

Dieses Missverständnis ist allerdings gut nachvollziehbar, denn man kann davon ausgehen, dass ein Vampir, der allein in der Region eintraf, sich als erstes bemühte, mehr von seiner Art zu erschaffen, um Macht zu gewinnen. Somit hätte er zumindest anfangs mehr Opfer zu Vampiren gemacht als allgemein üblich war. Dieser Impuls sollte jedoch relativ schnell nachgelassen haben, ansonsten hätten die Vampire ganze Landstriche entvölkert und ihre eigene Nahrungsquelle vernichtet. Es gab Gerüchte über verlassene Dörfer, die auf solche Massaker hinweisen, doch bis heute konnte keines stichhaltig bewiesen werden.

Zum typischen Verhalten eines Vampirs gehören Massaker allerdings nicht. Wie jedes Raubtier sind sie auf ihre Beute angewiesen und hegen kein Interesse an ihrer Ausrottung. Dass es trotzdem zu vereinzelten Übergriffen kommt, liegt an der Blutgier des Vampirs, die ihn übermannen kann und sein vernunftgesteuertes Handeln ausschaltet. Er verfällt der Raserei und wird zur Bestie.

Ein Vampir entsteht

Da Vampire sich auf natürliche Weise nicht fortpflanzen können, sind sie darauf angewiesen, gelegentlich einen Menschen zu einem der ihren zu machen. Dieses Ritual wird in bestimmten Kreisen sehr stark romantisiert. Menschen, die auf der Suche nach ewiger Jugend und Unsterblichkeit sind, sehnen sich nach dem Biss des Vampirs und scheuen auch nicht vor dem Preis zurück, den sie dafür zahlen müssen: ein Leben als Blutsauger in ewiger Nacht.

Aber nur wenige scheinen zu verstehen, dass dies längst nicht alles ist. Während der Vampir ihnen das Blut aussaugt und sie selbst von seinem trinken, verlieren sie neben ihrem Leben auch ihre Seele. Die wird hinweggerissen, um dem Dämon Platz zu machen, der ihren Körper übernimmt. Zwar behält der Vampir sämtliche Erinnerungen, Vorlieben und Abneigungen des Menschen, aber er verliert jegliche Moral, das Verständnis für Gut und Böse und in den meisten Fällen auch die emotionale Bindung zu den Menschen, die er früher kannte. Als Vampir sind sie für ihn nicht mehr als Beute.

Die Vorstellung, ein neu erschaffener Vampir sei von seinem „Herrn" abhängig, ist falsch. Obwohl es gelegentlich klare Hierarchien innerhalb einzelner Vampirgruppen gibt, existieren keine Abhängigkeiten. Auch ein „neu geborener" Vampir verfügt über einen freien Willen und unterliegt keiner geistigen Kontrolle. Im Allgemeinen folgt er jedoch dem Vampir, der ihn erschaffen hat, um von ihm zu lernen und Erfahrungen zu sammeln. Solche Beziehungen überdauern manchmal Jahrhunderte.

Im Gegensatz zu den meisten Dämonen scheinen die Vampire mit einer von Menschen dominierten

Welt zufrieden zu sein. Sie genießen die Herausforderung der Jagd, ob sie nun jagen oder die Gejagten sind. Das übermäßige Vertrauen in ihre Kraft und Schnelligkeit lässt sie im Kampf gegen Menschen unvorsichtig werden - vor allem neu erschaffene Vampire begehen diesen Fehler, allerdings zumeist nur einmal.

Ein perfektes Beispiel für dieses Verhalten finden wir in Sunnydale, dem Heimatort der Auserwählten, der unmittelbar über dem Höllenschlund liegt. Vampire und andere Dämonen werden zwar von der Aura dieses Portals angezogen, aber viele kommen einfach nur dorthin, um die Auserwählte zu treffen und zu besiegen. Ähnlich den Revolverhelden des Wilden Westens, die keine Ruhe fanden, muss auch sie sich immer wieder mit Vampiren messen, die glauben, schneller, kräftiger und tödlicher zu sein. Wenn man diese Umstände bedenkt, ist es kein Wunder, dass kaum eine Auserwählte älter als 25 Jahre geworden ist.

Vampire weltweit

Aber es gibt auch andere Wesen, die zwar unter die Kategorie Vampire fallen, jedoch mit den slawischen Blutsaugern, so wie sie meistens angetroffen werden, nur wenig Ähnlichkeit haben. Um den Wächtern ihre Identifizierung zu erleichtern, sollen die Wichtigsten hier nach ihrem Verbreitungsgebiet sortiert kurz vorgestellt werden. Soweit bekannt haben wir die Tötungsmethoden notiert, wo sie fehlen, bleibt uns nur, jedem Betroffenen viel Glück zu wünschen.

Europa

Bayern, Deutschland: In entlegenen Gebieten tritt der Nachtzehrer auf, ein Wesen, das äußerlich menschlich ist, jedoch über eine zweite innere Haut verfügt. Man tötet es, indem man ihm eine Münze auf die Zunge legt und den Kopf mit einer Axt abtrennt.

Cornwall, Großbritannien: Der so genannte Moribund sieht wie ein Mensch aus und entsteht durch den Biss eines Werwolfs. Tötungsmethoden sind nicht bekannt.

Bulgarien: Der Krvopijac, ein menschlich wirkender Vampir, der nur ein Nasenloch und eine spitz zulaufende Zunge hat, entsteht nach dem Tod eines Menschen, der unheilige Taten begangen hat. Man lähmt ihn, indem man ihn mit wilden Rosen an sein Grab fesselt. Töten kann ihn nur ein Magier, der ihn in eine Flasche zwingt und diese ins Feuer wirft.

Kreta: Der Kathakano-Vampir kann nur wirklich getötet werden, wenn man seinen abgeschlagenen Kopf in Essig kocht.

Kroatien: Beim Pijavica handelt es sich um eine weitere Nebenspezies des Vampirs, die entsteht, wenn Söhne Inzest mit der Mutter haben. Dem so entstandenen Dämon muss man den Kopf abschlagen und zwischen seine Beine legen.

Dalmatien: Hier trifft man auf eine besonders bizarre Variation, den so genannten Kuzlak, der dadurch entsteht, dass eine Mutter ihr Kind zu früh entwöhnt. Der Kuzlak wird gebannt, indem man ihn mit Weißdorn fesselt.

Griechenland: Ein Mensch wird zum Bruculaco, wenn er exkommuniziert wird oder der Sohn eines Exkommunizierten ist. Man tötet ihn, indem man seinen Kopf abschlägt und anschließend verbrennt.

Ungarn: Der Farkaskoldus ist ein blutsaugender Werwolf. Mehr ist nicht über ihn bekannt. Über die ebenfalls in Ungarn auftretende Vampirart Lidac nadaly weiß man zumindest, dass ein Pfahl ins Herz und Nägel in die Schläfen den Dämon töten.

Irland: Den Dearg-dul kann man nur vernichten, wenn man Steine auf sein Grab legt.

Schottland: Die Baobhan Sith erscheint als junge Frau, die Männer zum Tanz auffordert und bis zur Erschöpfung mit ihnen tanzt. Dann trinkt sie ihr Blut. Mit kaltem Eisen kann sie getötet werden.

Mazedonien: Eine besonders unangenehme Methode benutzt man, um den Vryolakas-Vampir zu vernichten. Man muss ihn zuerst mit kochendem Öl übergießen und anschließend einen Nagel in seinen Bauchnabel schlagen.

Rumänien, Moldawien: Der Drakul ist ein Vampir, der aus einem Besessenen entsteht. Um ihn zu töten, muss man sein Leichentuch aus dem Sarg stehlen und verbrennen.

Ebenfalls in Rumänien begegnet man dem Strigoiul, einem Vampir, der entsteht, wenn Eltern, die unehelich geboren wurden, einen unehelichen Sohn zeugen. Um ihn zu vernichten, muss man sein Herz herausschneiden, in zwei Hälften teilen und seinen Mund mit Knoblauch füllen. Strigoiuls greifen meist in Gruppen an.

Polen: Ein Kind, das mit Zähnen geboren wird, gilt als Upier. Man wird den Dämon los, indem man ihn mit dem Gesicht nach unten begräbt und Mohnsamen auf seinem Grab verteilt.

Russland: Einen weiteren Vampir-Verwandten findet man dort unter dem Namen Vurdalak. Dabei handelt es sich um den Sohn eines Werwolfs oder einer Hexe. Man tötet ihn mit einem Pfahl durch das Herz, der jedoch nur mit einem Schlag hineingetrieben werden darf. Schlägt man ein zweites Mal zu, wird der Vurdalak wiederbelebt.

Serbien: Ein Vlokoslak entsteht entweder durch Inzest, einen Werwolfbiss oder durch eine Totgeburt. Er trägt weiße Kleidung, ist bei Tag und bei Nacht aktiv und kann die Gestalt von Tieren annehmen. Um ihn zu vernichten, muss man einen Nagel durch seinen Hals schlagen und seine Zehen abschneiden.

Sachsen, Deutschland: Man weiß über den Neuntöter nur, dass ihn eine Zitrone im Mund vernichtet.

Afrika

Ghana: Der Asasabonsam ist eine vampirartige Kreatur, die in den Legenden des Ashanti-Stamms vorkommt. Sie lebt in den tiefen Wäldern und wirkt humanoid, wenn man von den Zähnen aus Eisen und den wie Haken geformten Füßen absieht. Der Asasabonsam wartet auf einem Ast sitzend, bis ein Opfer vorbeikommt. Mit seinen Hakenfüßen zieht er es nach oben und saugt sein Blut aus. Meistens beißt er das Opfer dabei in den Daumen. Es gibt keine bekannte Methode, um ihn zu vernichten.

Westafrika allgemein: Hier kursieren Legenden über Hexen, die unerkannt in einer menschlichen Gemeinschaft leben. Nachts verwandeln sie sich in eine Lichtkugel und saugen Kindern das Blut aus. Sie werden Obayifo genannt, und auch hier gibt es keinen Hinweis, wie man sie besiegen kann.

Madagaskar: Der Ramanga ist ein lebender Vampir, der in den Diensten des Ältestenrats steht. Er verzehrt die abgeschnittenen Fingernägel und das Blut der Stammesältesten, ist jedoch kein Dämon.

Amerika:

Wie auch in Afrika und Australien findet man hier nur wenige Hinweise auf Vampirismus. Die Legenden, die existieren, stammen häufig von europäischen Einwanderern.

Louisiana: Ein Fifollet ist der Geist eines Kindes, das vor der Taufe stirbt. Meistens spielt er denen, die ihm begegnen, nur Streiche, aber in seltenen Fällen wird er zum Vampir und saugt bevorzugt Kinder aus. Es gibt keine Hinweise auf seine Vernichtung.

Mexiko: Bei den Tlaciques handelt es sich um Vampirhexen, die aus den Legenden der Nahuatl-Indianer stammen. Sie können sich in einen Feuerball oder bizarrerweise in einen Truthahn verwandeln und so unerkannt Blut trinken.

Brasilien: Der Lobishomen ist ein Vampir, der hauptsächlich auf stillende Frauen spezialisiert ist. Er nimmt die Gestalt einer Schlange an, stößt das stillende Kind zur Seite und trinkt kleine Mengen Blut aus der Brust der Frau. Das Kind beruhigt er, indem er ihm seinen Schwanz in den Mund steckt. Nach dem Angriff zeigt eine gebissene Frau nymphomanische Tendenzen. Es ist nicht bekannt, wie der Vampir vernichtet werden kann.

Australien

In den Stammeskulturen der Aborigines existieren zwei Legenden über vampirartige Wesen. Das erste wird Yara-ma-yha-who genannt und sieht wie ein kleiner Mann (nicht größer als 1,20 m) aus, der einen ungewöhnlich großen Mund und Arme mit Saugnäpfen besitzt. Ähnlich dem Asasabonsam verbirgt sich auch der Yara-ma-yha-who in Bäumen und wartet, bis ein Mensch darunter Schutz vor der Sonne sucht. Dann stürzt er sich auf ihn, hält ihn mit den Saugnäpfen fest und trinkt sein Blut, bis der Mensch schwach und hilflos ist. Nach einer Weile kehrt der Vampir zurück und verschlingt den ganzen Körper. Aber das ist nicht das Ende des Menschen, denn nach einem Verdauungsschlaf würgt der Vampir den Körper wieder hervor und der Mensch kann seiner Wege ziehen. Auf diese Weise kann eine Person mehrere Angriffe überleben, wird nach jedem Mal jedoch kleiner und schließlich selbst zu einem Yara-ma-yha-who. Auch hier gibt es keine Möglichkeit der Gegenwehr.

Der Talamaur ist eine andere Art Vampir. Er steht in Verbindung mit der Welt der Geister und kann sie zurück zu den Lebenden bringen. Außerdem verfügt er über die Fähigkeit, seine Seele in eine gerade verstorbene Person zu versetzen und ihr die restliche Lebensenergie zu entziehen.

Asien

China: Hier existieren verschiedene Vampir-Mythen, doch der bekannteste bezieht sich auf den Kuang-shi, einen Dämon, der von Verstorbenen Besitz ergreift und über ein entsetzliches Äußeres verfügt. In einigen Versionen der Legende bewegt er sich hüpfend, in anderen fliegt er. Seine Fähigkeiten nehmen mit wachsendem Alter ständig zu, sodass er ab einem gewissen Punkt faktisch unbesiegbar ist. Einige Mythen behaupten, man könne ihn durch den Stoß mit einer eisernen Klinge ins Herz töten. Andere sagen jedoch, er sei nicht zu töten.

Die Ch'lang Shih sind enge Verwandte des Kuang-shi, entstehen jedoch, wenn eine Katze über eine Leiche springt. Ihr Atem ist tödlich und sie saugen Blut. In ihrer körperlosen Form bestehen sie nur aus einem Lichtstrahl. Wenn ein Ch'lang Shih eine Schale Reis sieht, muss er den Reis zählen, bevor er weitergehen kann. Diese Schwäche könnte im richtigen Moment lebensrettend sein.

Indien: Es gibt so viele Vampir-Mythen in Indien, dass man ein eigenes Buch damit füllen könnte. Aus Platzgründen können hier nur die wichtigsten erwähnt werden.

Ein Rakshasa (der Name lässt sich als „Der Verletzer" übersetzen) ist ein Wesen, das sich als Frau tarnt und Männer in den Tod lockt. Es trinkt ihr Blut. Man kann ihn durch Sonnenlicht, Verbrennen oder einen Exorzismus vernichten. Ein Kind, das von einem Rakshasa überredet wird, ein menschliches Gehirn zu essen, wird ebenfalls zu einem solchen Wesen.

Der Loogaroo ist ein westindischer Vampir, der jede Nacht einen „Teufelsbaum" aufsucht, sich dort seiner Haut entledigt und als Schwefelkugel auf die Jagd nach Opfern geht.

Bei dem Masan-Vampir handelt es sich um den Geist eines Kindes, das mit Vorliebe andere Kinder tötet oder quält. Es heißt, der Masan könne jedes Kind verfluchen, das in seinem Schatten geht. Er kann einer Frau, deren Kleid den Boden unter seinem Schatten berührt hat, bis nach Hause folgen.

Die Baital sind ein Vampirvolk, das halb Mensch und halb Fledermaus ist und bis zu 1,5 m groß wird.

Malaysia: Der Langsuir ist ein Vampir, der die Form einer schönen Frau annimmt. Sie trägt immer ein grünes Kleid, hat ungewöhnlich lange Fingernägel und schwarze Haare, die bis zu den Knöcheln reichen. Sie ernährt sich hauptsächlich von Kinderblut. Über Tötungsmethoden ist nichts bekannt. Zumindest vertreiben lässt sich hingegen der Penanggalan, eine weitere Vampirart, die nur aus einem Kopf, einem Hals und herabhängenden Eingeweiden besteht. Meistens greift er Kinder und schwangere Frauen an. Um ihn zu vertreiben, bringt man am besten Dornen auf dem Finstersims an. Wenn die Eingeweide daran hängen bleiben, flieht die Kreatur.

Viele Gesichter, eine Geschichte

Trotz all der Variationen, die man auf der ganzen Welt findet und trotz der unterschiedlichsten Verhaltensmuster und Verbreitungsgebiete, haben alle Vampire eines gemeinsam: Sie sind Dämonen, die sich von Blut ernähren und keine Reue oder Gnade kennen.

So wie die Auserwählte keine Reue oder Gnade kennt, wenn sie ihnen begegnet.

Mit Zähnen und Klauen – Werwölfe und Geisteskranke

(Offizieller Hintergrundbericht des Wächterrats; Autor unbekannt)

Seit Jahrtausenden begleiten Geschichten über Personen, die sich in Tiere verwandeln können, die Menschheit. Die ägyptische Hochkultur versah ihre Götter mit Tierköpfen und in den Stammeskulturen Afrikas, Amerikas und Australiens wimmelte es von Menschen, die tierische Form annahmen und Tieren, die zu Menschen wurden. Auch in Asien war und ist dieser Glaube vertreten. Manche Zauberer können ihren Geist in Tiere versetzen und durch ihre Augen blicken, andere verwandeln den eigenen Körper und nehmen die Attribute eines Tiers an. Hier wie auch in Europa liegt diesem Glauben die Annahme zu Grunde, Geist und Körper seien zwei verschiedene Einheiten, die man voneinander trennen und wieder zusammenfügen könne. Nicht umsonst bedeutet der germanische Ursprung des Wortes Leichnam „ohne Seele".

Die Wikinger berichten in unterschiedlichen Aufzeichnungen von Spähern, die ihre Seele in

Vögel versetzten, um den Feind auszuspionieren. Starben die Vögel während dieser Zeit, vergingen die Seelen in ihnen ebenfalls. Nur die Körper blieben als leere Hüllen zurück - als Leichname.

Menschen, die sich in Tiere verwandeln, tun das jedoch nicht immer freiwillig und nicht immer zum Nutzen anderer. In der griechischen Mythologie taucht die Geschichte des arkadischen Königs Lykaon auf. Der wurde von Zeus besucht, der sich als Reisender verkleidet hatte und den König um seine Gastfreundschaft bat. Lykaon erkannte den Gott und ließ Menschenfleisch servieren, um ihn auf diese Weise umzubringen. Allerdings durchschaute Zeus den Trick und aß nichts davon. Stattdessen zerstörte er den Palast des Königs. Lykaon selbst verwandelte er in einen Wolf und verdammte ihn dazu, den Rest seines Lebens durch die Wälder zu streifen.

Aus dem Namen des Königs entstand das Wort Lykantrophie („Lykos" ist griechisch für Wolf, „Anthropos" für Mensch), das über Jahrhunderte hinweg benutzt wurde, um den Mythos des Werwolfs zu beschreiben. Heute unterscheidet man jedoch zwei Phänomene, nämlich das der Lykantrophie - eine Geisteskrankheit, bei der eine Person glaubt, sich in einen Wolf zu verwandeln - und das des Werwolfs, bei dem eine Person durch magische Umstände tatsächlich zu einem Wolf wird.

Der Begriff Werwolf stammt aus dem Germanischen und verbindet das Wort „wer“ (Mann) mit „wolf“ zu „Mannwolf“. Glaubt man den alten europäischen Legenden, verwandelt sich ein Mensch in Vollmondnächten in einen Werwolf und streicht auf der Suche nach Opfern durch das Land. Diese Verwandlung geschieht auf magische Weise, manchmal mit und manchmal gegen den Willen des Verwandelten. Ist die Verwandlung erst einmal vollendet, zeigt der Werwolf keine menschlichen Regungen und fällt auch enge Verwandte an. Er tötet sie und frisst ihr Fleisch.

Erst bei Sonnenaufgang nimmt der Werwolf wieder menschliche Form an. In einigen Versionen der Legende heißt es, er lege dabei seine Wolfshaut ab, so wie eine Schlange sich häutet. Wird diese abgelegte Haut vernichtet, stirbt auch der Werwolf.

Dies ist jedoch nicht die einzige Methode, um sich von einer solchen Kreatur zu befreien. Obwohl normale Klingen und Bleikugeln keine Wirkung zeigen, kann ein Werwolf durch Waffen aus Silber zur Strecke gebracht werden. Im Tod (manchmal auch bei schweren Verletzungen) nimmt er wieder seine ursprünglich menschliche Form an.

Auf den ersten Blick erscheint es überraschend, dass eine wichtige Ursache für die Verwandlung in einen Werwolf erst sehr spät in den Legenden auftaucht. Die Rede ist vom Biss eines

Werwolfs, durch den das überlebende Opfer gezwungen wird, sich bereits in der nächsten Vollmondnacht ebenfalls in einen Wolf zu verwandeln. Heutzutage handelt es sich hierbei um die häufigste Ursache für Wolfsverwandlungen, bis ins 20. Jahrhundert hinein kam das jedoch erheblich seltener vor, weil Opfer von Werwölfen durch die schlechte medizinische Versorgung ihrer Wunden in fast allen Fällen starben, bevor eine Verwandlung einsetzen konnte. Die wenigen Ausnahmen reichten nicht aus, um in den Legenden Einzug zu finden.

Mit den Wölfen heulen

Werwolf-Legenden sind so alt wie die Menschheit, aber im Gegensatz zu Vampirmythen sind sie stark territorial begrenzt und treten nur in Gebieten auf, in denen es tatsächlich Wölfe gab oder gibt. So findet man auf dem europäischen Kontinent zahlreiche Geschichten, in England hingegen, wo die angelsächsischen Könige Wölfe bereits früh ausrotteten, so gut wie keine. In Afrika und Asien stößt man auf eine ganze Reihe von Tiermenschen, von Werhyänen über Wertiger bis hin zu Werkatzen (bizarr ist hier ein Bericht aus dem Peking des 19. Jahrhunderts, in dem man von einer Wereule spricht, die ganze Stadtviertel terrorisierte), aber auf keinen einzigen Werwolf. Auch in Nord- und Südamerika sind Wertiere nicht unbekannt. Hier findet man Wölfe, Leoparden und laut einer Legende in Pennsylvania sogar Werratten, sodass man darauf schließen kann, dass die magischen Rituale, aus denen diese Wesen erstmals entstanden, sich an den Tieren orientierten, die dem Magier geläufig waren. Das reduzierte die Gefahr der Entdeckung, da die Spuren eines Wertiers sich für gewöhnlich nicht von denen normaler Tiere unterschieden und die Todesfälle eben diesen Tieren angelastet wurden. In Europa könnte dieses Vorgehen ein Grund für die gnadenlose Hetzjagd auf Wölfe gewesen sein und erklärt den schlechten Ruf, den diese Tiere auch heute noch haben.

Aber es war nicht nur der Wolf, der unter den Werwolflegenden litt, sondern auch der Mensch. Obwohl die Geschichten über Wolfsmenschen Jahrtausende alt waren, wurden sie erst im Mittelalter aufgegriffen und verbreitet.

Eine der frühesten Aufzeichnungen erzählt die Geschichte des Prinzen Vselav, der im 11. Jahrhundert in Weißrussland lebte. Er wurde während einer Sonnenfinsternis mit einer Glückshaube[1] geboren. Es hieß, seine Mutter, eine Prinzessin, sei von einer Schlange vergewaltigt worden. Als Vselav erwachsen wurde, konvertierte er im Gegensatz zu den meisten anderen russischen Herrschern dieser Zeit nicht zum Christentum, sondern blieb seinem heidni-

[1] *Haubenartiger Hautüberzug, der manchmal den Kopf von Neugeborenen bedeckt.*

schen Glauben treu. Er galt als großer Magier, mutiger Krieger und geschickter Jäger aber man sagte auch, er jage seine Beute wie ein Tier in der Nacht eingehüllt in einen blauen Nebel.

Die Glückshaube war nur ein Hinweis auf einen Werwolf. Bei Erwachsenen suchte man nach buschigen Augenbrauen, die über der Nasenwurzel zusammenwuchsen, nach blutroten Fingernägeln und Zähnen, nach rauer, behaarter Haut und länglichen, eng anliegenden Ohren. Die Augen und der Mund eines Werwolfs waren angeblich immer trocken und es hieß, er litte häufig unter Durst. Auch konnte man einen Werwolf daran erkennen, dass er die Einsamkeit vorzog, nachtaktiv war und sich auf Friedhöfen herumtrieb, wo er die Toten ausgrub und aß.

Im Laufe der Jahrhunderte breitete sich dieser Aberglauben immer weiter aus, wurde zum Verfolgungswahn und gipfelte schließlich in den berüchtigten französischen Werwolf-Prozessen. Zwischen 1520 und 1630 wurden mehr als 30.000 Menschen angeklagt ein Werwolf zu sein. Viele wurden hingerichtet und die unmenschlichen Verhörmethoden dürften dafür gesorgt haben, dass die Überlebenden die körperlichen und seelischen Narben ein Leben lang trugen.

Natürlich handelte es sich bei diesen Personen in den allermeisten Fällen nicht um Werwölfe, sondern um Unschuldige, die aus Unwissenheit, Dummheit oder Furcht den Behörden ausgeliefert wurden. Als Beispiel sei hier nur die Geschichte eines Manns erzählt, dem man anlastete ein Werwolf zu sein, obwohl er kaum behaart war. Der Ankläger schloss daraufhin, er müsse sein Fell wohl innen tragen und befahl, ihn zu häuten. Man fand kein Fell und sprach den Angeklagten (selbstverständlich posthum) frei.

Andere Fälle weisen auf ein Phänomen hin, das vielleicht ebenso monströs wie ein tatsächlicher Werwolf ist, aber keinen magischen Einfluss benötigt. Ein solcher Fall ist der des Deutschen Peter Stubbe, der 1591 rund um Köln sein Unwesen trieb. In diesem Jahr war der Winter ungewöhnlich hart und die hungrigen Wölfe kamen aus den Wäldern in die völlig verarmten Dörfer, um nach Essbarem zu suchen. Die Bedrohung durch diese Wolfsrudel war so groß, dass die Menschen kaum noch wagten, den Markt in der Stadt aufzusuchen oder zu einem anderen Dorf zu gehen, weil sie Angst vor Angriffen hatten.

In diesem Klima der Furcht und des Hungers fanden Bauern plötzlich verstümmelte, halb gegessene Leichen auf ihren Feldern. Sie vermuteten den Angriff eines Wolfsrudels und schlossen sich zu einer Gruppe zusammen, um die Tiere zu stellen. Was sie fanden, waren jedoch keine Wölfe, sondern Peter Stubbe, einen Mann, der im gleichen Dorf wie sie selbst lebte. In einigen

Versionen dieser Geschichte wird sogar behauptet, die Männer hätten einen Wolf verfolgt, der sich in Stubbe verwandelte, als sie ihn in die Enge trieben.

Klar ist nur, dass Stubbe unter der Folter 16 Morde, zumeist an Kindern gestand. Er sagte, er habe bereits als Kind mit Magie experimentiert und sogar versucht, einen Pakt mit dem Teufel zu schließen. Ein magischer Gürtel ermöglichte ihm schließlich die Verwandlung in einen Wolf. Um sich an seinen eingebildeten Feinden zu rächen, ermordete er wahllos Frauen und Kinder, trank ihr Blut und aß ihr Fleisch.

Nach diesem Geständnis wurde Stubbe hingerichtet. Heute wissen wir, dass es sich hier um einen der ersten dokumentierten Fälle eines Serienkillers handelt. 1591 glaubte man jedoch solch brutale Verbrechen könnten nicht von einem Menschen, sondern nur von einem Tier oder einem Mischwesen wie einem Werwolf begangen werden. Erst acht Jahre später kam es in Frankreich zu einem überraschenden Ende dieser Paranoia, als ein angeblicher Werwolf, dem zahlreiche brutale Morde zur Last gelegt wurden und der selbst vor Gericht noch versuchte, seinen Ankläger zu beißen, nicht etwa zum Tode verurteilt, sondern in eine Irrenanstalt eingewiesen wurde. Zwar flammte die Werwolf-Hysterie gerade in ländlichen Gegenden immer wieder auf, aber ihre größte Macht war durch dieses Urteil gebrochen.

Auf der Spur des Wolfs

Auch wenn die Lykantrophie eine sehr seltene Geisteskrankheit ist, findet man sie heutzutage doch häufiger als einen tatsächlichen Werwolf. Die Zivilisation hat dafür gesorgt, dass solche Tiermenschen nur in den entlegensten Gegenden über längere Zeit existieren können. Dort gibt es für sie kaum eine Möglichkeit, menschliche Beute zu jagen und so kommt es immer häufiger vor, dass ein Werwolf am Ende seines Lebens keinen einzigen Nachkommen erschaffen hat. Da Werwölfe im Gegensatz zu Vampiren menschlich bleiben, durchlaufen sie einen ganz gewöhnlichen Alterungsprozess, was bedeutet, dass sie mit großer Wahrscheinlichkeit in den nächsten Jahrzehnten aussterben werden.

Wären sie keine magischen Bestien, die selbst am stärksten unter ihrem Fluch leiden, könnte man das fast schon bedauern.

TEIL 2

AUSZÜGE AUS DEM TAGEBUCH DES RUPERT GILES

Kommentiert von Buffy *und* **Spike**

Der Meister

AUSSEHEN: Zwischen 1,90 und 2 Metern, schlank, trägt eine schwarze Kutte. Er ist kahlköpfig und zeigt ein typisches Vampirgesicht, das sich von anderen Vampiren jedoch durch einen Mund voller zugespitzter Zähne unterscheidet, der ihm fast schon das Aussehen eines Piranhas verleiht.

STÄRKEN: Vampirische Körperkraft, ungewöhnlich starke Hypnose-Fähigkeiten.

SCHWÄCHEN: Arroganz.

BESONDERHEITEN: Der Meister zeigte einige für Vampire ungewöhnliche Eigenschaften. Ein hölzerner Pfeil im Herz tötete ihn nicht, jedoch konnte er von einem Balken aufgespießt werden. Auch zerfiel er nach seiner Vernichtung nicht zu Staub, sondern skelettierte. *Wieso hat er den Geruch weggelassen? Ich hab ihm extra davon erzählt! Hat er überhaupt eine Ahnung, wie ein Vampir riecht, der ein halbes Jahrhundert lang in einer feuchten, unterirdischen Höhle eingeschlossen war und sich kein einziges Mal umgezogen hat? Er riecht nach Moder und Schimmel, nach Verwesung und Tod ... so wie chinesisches Essen, das man sechs Monate im Kühlschrank vergessen hat!*

Ich hasse Prophezeiungen. Zum einen sind sie recht schwer zu deuten, zum anderen wird in ihnen selten etwas Positives prophezeit. Wenn man sie übersetzt hat, heißt es nie: Tue dies und die Welt wird frei von Vampiren sein, **Und was genau ist daran positiv?** *sondern immer nur: Wenn dies geschieht oder nicht geschieht, geht die Welt unter …*

Oder die Auserwählte stirbt.

Aber ich greife vor. Buffy begegnete dem Meister zum ersten Mal in einem Albtraum kurz nach ihrer Ankunft in Sunnydale. Dieser Vampirkönig war vor 50 oder 60 Jahren in diesen Ort gekommen, um den Höllenschlund zu öffnen und damit das Ende der Welt einzuleiten. Allerdings scheiterte er an einem Erdbeben. **Schwein gehabt, Menschheit!** *Er konnte das Ritual nicht vollenden und steckte zwischen den Dimensionen fest.*

Mehr als ein halbes Jahrhundert verharrte er dort hilflos und wartete auf ein Ereignis, das „die Ernte“ genannt wird. Einmal in 100 Jahren kommt es zu dieser Nacht, in der ein Vampir die Seelen seiner Opfer auf einen anderen Vampir übertragen und ihn damit stärken kann. Als ob das nicht problematisch genug wäre, tauchte eine

Prophezeiung auf, in der es hieß, fünf müssten sterben, damit sich aus ihrer Asche der Gesalbte erheben könnte. Den sollte die Jägerin nicht erkennen, und er würde sie in die Hölle führen.

Unglücklicherweise stimmte der erste Teil der Prophezeiung, denn obwohl es uns – im ersten Anlauf – gelang, die Auferstehung des Meisters zu verhindern, machten wir einen Fehler bei der Identifizierung des Gesalbten. Der Vampir, den wir in einer Leichenhalle entdeckten und für den Gesalbten hielten, war nur eine Ablenkung. Zum Thema Leichenhalle: Was fehlt in diesem Bild? Wächter. Allein. Nachts. Friedhof. Leichenhalle ... Hm? Genau, die Auserwählte! Dabei sagt Giles immer, dass ich vorsichtig und überlegt handeln soll und dann das! Wie kann er erwarten, dass ich tue, was er sagt, wenn er selbst nicht tut, was er sagt **Was?** Der wahre Gesalbte, der die Gestalt eines kleinen Jungen (Collin) angenommen hatte, lebte bereits beim Meister und wurde von ihm unterrichtet. Was er ihn lehrte, möchte ich lieber nicht wissen.

Der Meister umgab sich mit einer Gruppe äußerst loyaler Vampire. Sein wichtigster Helfer war Luke, ein ungeheuer starker und schneller Vampir, der nach eigener Aussage 1843 in Rom seinen letzten Kampf verloren hatte – und das auch nur, weil sein Gegner ihn im Schlaf überraschte. Buffy gelang es im Bronze-Club, Luke mit einem phantasiereichen Trick zu überlisten und anschließend zu pfählen. Bei dem gleichen Angriff starb auch Jesse, ein Freund von Xander, der zum Vampir geworden war. Es war das erste Mal, dass die Gruppe um Buffy mit einem solchen Verlust umgehen musste, aber es wird wohl nicht das letzte Mal sein. Muss er immer Recht haben?!

Eine Vampirin namens Darla schien ein Liebling des Meisters zu sein. Sie war gleichzeitig die Erschafferin des mittlerweile beseelten Vampirs Angel(us) und lebte über Jahrhunderte mit ihm zusammen. Im Gegensatz zu den meisten Vampiren scheute sie nicht vor dem Einsatz von Schusswaffen zurück, als es zur Auseinandersetzung zwischen ihr und Buffy kam. Es gelang Angel, Darla zu pfählen, bevor jemand verletzt werden konnte. **Ah, die alten Zeiten ... Angelus, Darla, Dru und ich. Die Welt war damals viel einfacher: Vampire tranken, Menschen starben.** Die Welt ist immer noch so einfach: Vampire reden Schwachsinn, Auserwählte pfählen!

Ein Vampir, den Buffy in üblich farbenfroher Weise als „Monsterkralle" bezeichnete, war ein weiterer Helfer des Meisters. Den Legenden nach hatte er den Meister vor langer Zeit enttäuscht und sich aus Reue die rechte Hand abgetrennt. Er ersetzte sie durch etwas, das eher wie eine Metallklaue als eine Gabel aussah. Geholfen hat ihm das jedoch nicht, denn Buffy pfählte ihn mit dem Brett eines Gartenzauns, nachdem er uns zu einer riesigen Gottesanbeterin geführt hatte, die Xander gefangen hielt.

Thomas ist ein weiterer Name auf meiner Liste. Eigentlich ist er unwichtig, aber mit ihm verbinde ich eine gewisse Nostalgie, da er der erste Vampir war, den Buffy nach ihrer Ankunft in Sunnydale pfählte. Ich weiß, dass sie bevor ich ihre Ausbildung übernahm, bereits zahlreiche andere Vampire getötet hatte, aber Thomas war der erste, von dem sie mir berichtete, und das macht ihn zu etwas Besonderem. **Du hast Thomas umgebracht?! Verdammt, der Kerl schuldete mir Geld.**

Aber zurück zum Meister und seinen Plänen. Angel gelang es, den seit dem 15. Jahrhundert als verschollen geltenden Pergamum Codex aufzutreiben, ein Buch, in dem eine für uns äußerst erschreckende Prophezeiung erwähnt wurde: die Auserwählte, so stand es dort, sollte den Kampf gegen den Meister nicht überleben.

Ich wollte Buffy natürlich davon erzählen, allerdings zu einem geeigneten Zeitpunkt, doch dazu kam es nicht. Sie hatte das Gespräch zwischen mir und Angel mitgehört. Ihre Reaktion darauf war völlig verständlich. Sie ist ein 16-jähriges Mädchen, natürlich wollte sie nicht sterben. Ich begriff vielleicht zum ersten Mal, was wir als Wächter von ihr verlangen und wie groß die Verantwortung ist, die auf ihr lastet. Also beschloss ich, ihr diesen einen Gang abzunehmen und selbst den Meister zu konfrontieren. Zu diesem Zeitpunkt hatte Buffy jedoch ihre Meinung bereits wieder geändert, wie sie es gerne tut, und da sie auf dem Gebiet der Streitkultur nicht zu den Auserwählten gehört, schlug sie mich einfach nieder und machte sich auf den Weg zum Meister. **Entschuldigung!**

Aber wem mache ich hier etwas vor? Natürlich hätte ich sie nicht gehen lassen, egal, was sie gesagt hätte. Buffys Tod ist mein größter Albtraum, und dass ich ihn nicht verhindern konnte, auch wenn er nur wenige Minuten dauerte, lässt mir keine Ruhe.

Nun, die Prophezeiung behielt also Recht. Der Gesalbte führte Buffy zum Meister, der seine Hypnosekräfte nutzte, um sie zu überwältigen. Wie sich herausstellte, war die Prophezeiung doppeldeutig, denn er brauchte die Auserwählte, um genügend Kraft für seine Auferstehung zu sammeln. So sollte Buffy nicht nur beim Kampf gegen ihn den Tod finden, sondern die Verantwortung an seiner Rückkehr und damit letzen Endes an der Öffnung des Höllenschlunds und dem Ende der Welt tragen. ***Ich kam mir so blöd vor, als der Meister das sagte!*** *Als er genug von ihrem Blut getrunken hatte, ließ er sie einfach in eine Pfütze fallen und verließ die Höhle. Hätte Xander Buffy nicht rechtzeitig wiederbelebt ...* ***Die Pfütze hat mich richtig fertig gemacht. Nicht nur, dass das Wasser mein neues Kleid ruiniert hat, wie hätte sich das denn angehört? Die Auserwählte ist tot. Wie ist sie gestorben? In einer 20 Zentimeter tiefen Pfütze ertrunken, nachdem sie einem irren Vampirkönig geholfen hat, die Apokalypse auszulösen. Kein Mensch hätte dann mein Leben als Weihnachtsvierteiler verfilmt!*** **Es hätte nach der Apokalypse auch keinen Menschen mehr gegeben. Das ist meistens der Sinn von Apokalypsen ...**

Natürlich möchte ich der Jägerin keineswegs Oberflächlichkeit vorwerfen, aber es schien, als habe sie das ruinierte

Kleid zu neuen Höchstleistungen angespornt. Sie traf den Meister auf dem Dach der Schule, widerstand seinen hypnotischen Fähigkeiten und schleuderte ihn schließlich durch ein Glasdach auf einen zersplitterten Balken in der Bibliothek (die übrigens gerade von einem mehrköpfigen, tentakelbewehrten Dämon angegriffen wurde, der aus dem sich öffnenden Höllenschlund entstieg, aber das tut nichts zur Sache).

Wir waren zwar alle überrascht, als der Meister nicht zu Staub zerfiel, sondern zum Skelett wurde, doch mit der Ursache für diesen Umstand werden wir uns ein anderes Mal auseinander setzen.

Im Moment genießen wir zu Recht unseren Erfolg. Wir alle zusammen haben die Erde vor einer Apokalypse gerettet. Es hat sich gezeigt, dass es richtig war, die Auserwählte nicht zu isolieren, sondern im Kreis ihrer Freunde zu belassen. Ohne Willow, Xander, Miss Calendar (deren unerwartete Hilfe ich sehr zu schätzen wusste) und sogar Cordelia hätte sich der Tag der Apokalypse wohl kaum abwenden lassen.

Sie haben sich mit dem Schrecken und der Angst, die man auf dem Höllenschlund erlebt, abgefunden und geben Buffy den Halt, den sie benötigt.

Und die Auserwählte selbst? Sie ist sicherlich völlig

anders, als ich erwartet hatte, unberechenbarer, verrückter, unabhängiger und ... sagte ich schon verrückter? ... als die Auserwählten, die von frühester Kindheit an von ihren Wächtern begleitet werden, aber das hat sich eher als Vorteil erwiesen. Ich würde es allerdings doch schätzen, wenn sie zumindest manchmal verstehen würde, was ich ihr sage, und wenn ich im Gegenzug mehr von dem begreifen würde, was sie und ihre Freunde sagen. Um mit Ovid zu sprechen: „Barbarus hic ergo sum, quia non intellegor ulli."

Was soll das heißen? Ich kann kein Italienisch!

Das ist Latein ... irgendwas mit intelligenten Barbaren oder so.

Wir haben wohl alle noch viel zu lernen ...

Nachtrag

Wieviel wir tatsächlich noch zu lernen hatten, stellte sich rund drei Monate später heraus. Während Buffy sich bei ihrem Vater in Los Angeles aufhielt, hatten Willow, Xander und ich die Knochen des Meisters unter einem Baum vergraben und anschließend den Boden geweiht, um mögliche Versuche sie wieder auszugraben zu verhindern. Allerdings hatten wir dabei die Überzeugungskraft und Hartnäckigkeit des

Gesalbten unterschätzt. Der nutzte die Zeit, um eine Gruppe von Vampiren um sich zu scharen. **Ich fand es wirklich nett, dass die Vampire mir nicht die Sommerferien versaut haben.** Trotz der starken Schmerzen, die sie empfunden haben müssen, gruben sie den Meister aus. Die Knochen brachten sie in eine verlassene Lagerhalle. Dort plante der Gesalbte ein Auferstehungsritual, für das er allerdings nicht (wie wir glaubten) Buffys Blut benötigte, sondern das Blut der Personen, die sich beim Tod des Meisters in seiner unmittelbaren Nähe aufhielten. Dummerweise waren das Cordelia, Willow, Miss Calendar und ich. Wir wurden entführt und wie Vieh in einem Schlachthof an Ketten aufgehangen, damit unser Blut auf die Knochen des Meisters fallen konnte. Buffy, Angel und Xander verhinderten, dass es dazu kam.

Der Meister und ihr eigener Tod hatten Buffy stärker zugesetzt, als sie selbst erkannte. Vor dem Kampf gegen die Vampire verhielt sie sich ungewöhnlich kalt und hart gegenüber ihren Freunden. Sie schien das Vertrauen in andere verloren zu haben und träumte sogar, ich sei der Meister. **Das war richtig gruselig ... und ich meine Freddy-Krüger-mäßig gruselig!** Erst im Kampf gegen die Vampire kehrte ihre Selbstsicherheit und damit die Buffy, wie wir sie kennen, zurück. Ich halte es immer noch für unangebracht, einen Gegner, den man gleich umbringen wird, auch noch zu beleidigen, aber das ist nun mal der Stil, den sie gewählt hat. Hey, ich arbeite hart an diesen Sprüchen! Die fliegen mir nicht einfach zu. **Wenn du so weitermachst, kannst du es in 100 oder 150 Jahren vielleicht sogar mit mir aufnehmen.**

Am Ende gelang es Buffy jedoch, ihre Angst zu überwinden, in dem sie die Knochen des Meisters mit einem Vorschlaghammer zertrümmerte. Die Terminlisten von Psychiatern wären leer, wenn das jeder machen würde. Natürlich hat es auch geholfen, sich an Angels Schulter auszuweinen! **Können wir bitte das Thema wechseln?**

Außer in unseren Träumen, werden wir dem Meister wohl nicht noch einmal begegnen, allerdings frage ich mich, welche Rolle der Gesalbte spielte, bevor er von Spike getötet wurde? In der Prophezeiung heißt es: „Er wird auferstehen aus der Asche der fünf Toten am Abend des tausendsten Tages nach Ankunft des Septus. Und die Ankunft des Gesalbten fällt in jene Zeit, und dem Jäger wird er unerkannt bleiben und keiner wird ihn aufhalten. Und er wird sie führen geradewegs in die Hölle."

Auch wenn die Prophezeiung sich erfüllt hatte, existierte der Gesalbte doch weiter. Er war kein Mensch, auch wenn er die Gestalt eines kleinen Jungen angenommen hatte, und er schien keine besonderen Kräfte zu besitzen, wenn man bedenkt, mit welcher Leichtigkeit er getötet wurde. Trotzdem wurde er von Vampiren als Herrscher akzeptiert und sogar verehrt. Er ist ein Rätsel, das hoffentlich eines Tages gelöst werden kann.

Er war kein Rätsel, sondern eine Nervensäge!

13.01.1998

Bezoar-Dämon

AUSSEHEN:	Der Bezoar-Dämon ist ein Fleischklops mit einem Durchmesser von mehreren Metern, der über lange kräftige Tentakel und zumindest ein Auge verfügt. Sein orange-beige-farbener Körper scheint größtenteils aus Fettwülsten zu bestehen, zwischen denen die Eier seiner Nachkommen warm gehalten werden. Diese Eier sehen exakt wie Hühnereier aus, ein Mimikri-Effekt, der zweifellos beabsichtigt ist.
STÄRKEN:	Tentakel, Größe.
SCHWÄCHEN:	Abgesehen von seinen Tentakeln ist der Bezoar-Dämon fast bewegungsunfähig. Er ist nicht immun gegen Hieb- und Stichwaffen, wie beispielsweise eine Spitzhacke.
BESONDERHEITEN:	Kann eine große Gruppe von Menschen über seine geschlüpften Nachkommen geistig kontrollieren.

Der Bezoar-Dämon ist bereits in alten Schriften bekannt, aber sein Auftauchen in Sunnydale, genauer gesagt, im Keller der Sunnydale-Highschool überraschte mich dann doch so sehr, dass ich unvorsichtig war und selbst zum Opfer seiner geistigen Manipulationen wurde. Da mir aus diesen Stunden keine Erinnerungen geblieben sind, habe ich im Folgenden nur den Bericht der Jägerin wiedergegeben, den ich mitschnitt – heimlich, um Buffy nicht durch ein Mikrofon unter den Druck zu setzen, ein schauspielerisches Talent zu entwickeln. **Das ist sooo unfair!**

Buffy: „Ich soll das alles noch mal erzählen? Ich dachte, Xander hätte das schon getan ... ist ja nicht so, als hätte ich ein Leben außerhalb der Bibliothek und der Friedhöfe ... und des Schulkellers an richtig guten Tagen. Hatte ich schon erwähnt, dass meine Mutter mir verboten hat, mein Zimmer zu verlassen? J-e-m-a-l-s wieder?! Ich bin eingekerkert wie dieser Typ auf der Insel, wie der Graf von Montana Chris {sic – wie im Original}. Nur dass es keine Nebenzelle gibt mit einem sterbenden Priester, der mir bei der Flucht hilft. Das Einzige, was in meiner Nähe stirbt, sind soziale Kontakte.

Was? Ja, schon gut. Also das erste Opfer war wohl Mr. Whitmore, unser Sozialkundelehrer. Keine Ahnung, wie der an den Bazaar-Dämon {sic} gekommen ist, das könnte so eine Kette gewesen sein, die bis Ostern zurückging. Die ersten

Eier waren vielleicht bunt, aber wer hätte sie angemalt? ... Ich finde schon, dass das zum Thema gehört, Giles!

In jedem Fall hatte Mr. Whitmore oder das eklige Ding an seinem Rücken die Idee, uns beizubringen, wie man sich als Eltern fühlt, also bekamen wir jeder ein Ei, das wir mit uns herumtragen mussten. Das haben wir gemacht, sogar Xander, obwohl der seines gekocht hatte, um Unfälle zu vermeiden. Ich war eine allein erziehende Mutter ... mein Glück. Ob Xander ein guter Vater wäre? Nicht Xander und ich ... Mutter, Vater ... böser Gedanke, nein, nur allgemein.

Die Eier brauchten wohl ein wenig Zeit, aber nach zwei Nächten schlüpfte aus meinem so ein widerliches kleines Ding mit sechs Beinen, das wie aus einem Horrorfilm aussah, dessen Titel Xander wüsste ... das gehörte so in meine geistige Igitt-Schublade ... was heißt Schublade? Ich hab einen ganzen Schrank voller Igitt-Erlebnisse. Na ja, eine Schere hat aus Igitt Ex-Igitt gemacht.

Xander hatte auch Glück. Er hat sein hart gekochtes Ei nicht gegessen ... ugh, wenn man da reingebissen hätte ... der Begriff Essstörung bekommt eine völlig neue Dimension.

Unser Glück hielt auch ziemlich lang, zumindest bis

wir das Ding sezieren wollten ... warum wollten wir das eigentlich? Keine Ahnung, aber es kam auch nicht dazu, weil Cordelia und Willow – ich glaube, das ist das erste Mal, dass die beiden jemals in einem Atemzug genannt wurden – uns niederschlugen.

Als wir wieder aufwachten, stellte sich heraus, dass alle, die ganze Schule plus Mom vom Nachwuchs des Bazaar-Dämons {sic} infiziert worden waren. Du musst das auch bemerkt haben, bevor du ... na ja, Zombie-Giles wurdest, denn in der Bibliothek lag noch ein Buch, in dem stand, dass der Bazaar-Dämon {sic} unterirdisch lebt und seine Eier legt. Wenn der Nachwuchs schlüpft, kontrolliert er seinen Wirt durch neutrale {sic} Klammern, die irgendwie ins Rückenmark greifen oder so.

Okay, Xander und ich sind Zombie-Jonathan dann in den Keller gefolgt und da wart ihr alle und habt Steine geschleppt und die Eier von dem Dämon nach oben getragen. Ich wollte gerade ... irgendwas ... tun, als diese beiden dämlichen Cowboy-Vampire auftauchten, Lyle und Tector Gorch ... ich wollte ihnen noch sagen, dass es ein echt schlechter Zeitpunkt sei, aber da ging die Prügelei schon los. Tector wurde vom Bazaar-Dämon {sic} verschluckt, dann war ich auch schon in dem Loch, aber im Gegensatz zu Tector war ich so schlau eine Spitzhacke mitzunehmen. Damit hab ich den Dämon ein wenig zerlegt – erwähnte ich schon, dass dieser Tag selbst für mich ungewöhnlich viele ugh-Momente hatte? –, Lyle war schlau genug sich abzusetzen und ihr alle wart wieder frei.

Tja, das war's eigentlich. Sind das Kekse in der Schale?"

Okay, ich habe nie, nie, nie so gesprochen. **Klar ...!**

Spike

alias William, der Blutige

AUSSEHEN: Spike ist ca. 1,80 Meter groß, sehr schlank, fast schon hager und durchtrainiert. Er hat eine Narbe an der linken Augenbraue und trägt bevorzugt Schwarz. Rein optisch wirkt er wie ein Mann Anfang 30 mit einem Hang zu Billy Idol.

STÄRKEN: Vampirische Körperkraft, hervorragende Kampftaktiken, Schnelligkeit.

SCHWÄCHEN: Impulsivität, Emotionalität, leicht zu provozieren. ***Hey, was soll der Blödsinn? Ich lasse mich nicht leicht provozieren!*** *Nein, natürlich nicht. Du bist ein ruhiger, überlegener Denker.* ***Das ist ein Scherz, richtig?***

BESONDERHEITEN: Spike zeigt für einen Vampir ungewöhnlich starke Gefühle. Seine Zuneigung zu Drusilla könnte man fast schon als Liebe bezeichnen. ***Dru hat mich wegen eines lächerlichen Dämons sitzen lassen. Schlampe ...***

William – sein Nachname ist unbekannt – wurde Mitte des 19. Jahrhunderts in England geboren. Vermutlich stammte er nicht aus London, sondern gelangte erst später dorthin. Darauf lässt zumindest eine Bemerkung schließen, in der er erwähnte, einiges über „Londoner Taschendiebe" gehört zu haben. Er scheint entweder im gehobenen Bürgertum oder im niedrigeren Adel verkehrt zu haben, war gebildet und belesen.

Bis zum Jahr 1880 wissen wir so gut wie nichts über William. Zu diesem Zeitpunkt war er Mitte 20 und lebte bei seiner Mutter in London. Er galt als schüchtern, sensibel und phantasievoll, aber auch als unbeholfen und wichtigtuerisch. Es gefiel ihm nicht, wenn man in seiner Umgebung über Skandale, Kriminalität oder Gewalt sprach, stattdessen zog er feingeistige Themen vor und widmete sich der Liebe, der Dichtung und der Schönheit.

Okay, was muss ich Giles geben, damit er diesen Absatz herausnimmt? Schüchtern, unbeholfen? Ich finde, das klingt niedlich. **Niedlich?! Warum pfählst du mich nicht gleich?!**

In London verliebte sich William in eine junge Frau namens Cecily Addams. Er schrieb Liebesgedichte über sie, die jedoch so schlecht waren, dass er von seinen Freunden den Spitznamen „William, der Blutige (Anfänger)“ bekam. Wenn dieser kurze Auszug, den ich bei Recherchen gefunden habe, ein Ausdruck seines Talents ist, haben sie nicht untertrieben. **Oh nein ...**

„Meine heiß Geliebte,
Das Herz wird mir so weit,
Ob des Strahlens deiner blühenden Herrlichkeit!“

Das ist doch niedlich, vielleicht ein bisschen kitschig.

Ein bisschen???

Er gestand Cecily seine Liebe, doch sie erwiderte sie nicht und so floh er Hals über Kopf in die Nacht. **Keine Ahnung, was ich an Cecily gefunden habe. Ihre Augen standen soweit vor, dass sie wie Pingpongbälle aussahen. Ich glaube, sie hatte was an der Schilddrüse.** *Dort lauerte bereits die Vampirin Drusilla auf ihn. Ihre poetische Sprache zog ihn an, und sie schien seine Leidenschaft als Einzige wirklich ernst zu nehmen. Tatsächlich handelte es sich dabei nicht nur um eine Taktik, mit der William angelockt werden sollte, denn Drusilla trank zwar sein Blut, machte ihn aber gleichzeitig selbst zum Vampir.* **Man kann viel über Dru sagen,**

aber sie hatte Stil. *Ja, einen gestörten, ziemlich gruseligen Stil.*

Diese Metamorphose veränderte William nicht nur körperlich, sondern auch geistig. Er legte seine alte Persönlichkeit ebenso wie seinen Namen ab, nannte sich Spike und wenn jemand ihm den Spitznamen „der Blutige" gab, dann nur, weil er seine Opfer mit rostigen Nägeln zu foltern pflegte. Zusammen mit Drusilla, Angelus und Darla zog Spike wie eine Seuche durch Europa. **Jetzt wird es aber ein wenig melodramatisch hier.**

Die nächsten 120 Jahre verbrachten er und Drusilla gemeinsam. Spike muss eine ungewöhnliche Zuneigung für die geisteskranke, kindhafte Vampirin empfunden haben, denn er beschützte und ernährte sie über die Dekaden hinweg. Ihre Spur verliert sich in dieser Zeit ein wenig, aber im Jahr 1900 tauchen sie in China während des Boxer-Aufstands wieder auf.

Kriege und Naturkatastrophen ziehen Vampire generell magnetisch an, weil ihre Überfälle in dem Chaos verborgen bleiben. Wie Parasiten nutzen sie das Leid der Menschen zu ihrem eigenen Vorteil aus. *Das ist ganz schön widerwärtig.* **Sieh's praktisch: Zum Angeln geht man ja auch**

ans Wasser und nicht in die Wüste.

Der Boxer-Aufstand bildete keine Ausnahme, doch bei dieser Katastrophe stießen sie auf Widerstand. Die Auserwählte stellte sich ihnen entgegen – und wurde von Spike getötet. **Das hat mir beim Wächterrat wohl keine Sympathiepunkte eingebracht, aber wenn es jemanden tröstet: Die Narbe an meiner Augenbraue stammt von ihrem Schwert.**

1977 kam es in einer New Yorker U-Bahn zu einem Kampf zwischen Spike und der neuen Jägerin. Auch diese Auseinandersetzung konnte er für sich entscheiden. Als morbides Andenken nahm er den Ledermantel der Auserwählten an sich.

Soweit ich informiert bin, ist Spike der einzige Vampir in den Aufzeichnungen des Rats, dem es jemals gelang, zwei Auserwählte zu töten. Es ist von größter Wichtigkeit, dass ich seinen Kampfstil studiere, damit ich Buffy besser auf ihn vorbereiten kann. **Merkwürdig, wie sich die Dinge ändern ...**

Mitte der 90er Jahre tauchten Spike und Drusilla erneut auf, dieses Mal in Prag, wo Drusilla von einem wütenden Mob schwer verletzt wurde. Sie konnte sich zwar retten, blieb jedoch geschwächt zurück und wurde hingebungsvoll von Spike gepflegt, ein Verhalten, das äußerst ungewöhnlich ist und das ich trotz langjähriger Studien noch bei keinem anderen Vampir erlebt habe. Die meisten Beziehungen, die unter diesen Dämonen entstehen, basieren auf Lust und Macht, nicht auf Zuneigung – ich möchte hier nicht von Liebe sprechen, denn etwas, das keine Seele besitzt, kann auch niemals wirklich lieben – doch Spike widerspricht den allgemein geltenden Regeln. Vielleicht ist er deshalb so gefährlich.

Mitte des Jahres 1997 gelangten er und Drusilla schließlich nach Sunnydale. Hier trafen sie auf den Gesalbten, **Mann, hab ich den gehasst!** *der mit einer Gruppe von Vampiren plante, am Fest von St. Vigius die Auserwählte zu töten. St. Vigius, soviel fanden wir heraus, war eine Art Heiliger, der im Mittelalter einen Vampir-Kreuzzug anführte; gegen wen und warum blieb unbekannt.* **Widerspricht sich das nicht irgendwie ... ein Vampir-Kreuzzug?** *Nur eines war sicher: Am Jahrestag seines Festes war die Kraft der Vampire am größten und diesen Jahrestag wollte der Gesalbte nutzen.*

Zu unser aller Glück kam ihm jedoch Spike in die

Quere. Überheblich und ungeduldig wie er nun einmal ist, **Hey!** *beschloss er, nicht auf das Fest von St. Vigius zu warten, sondern Buffy direkt anzugreifen. Er stellte sie in der Sunnydale Highschool, konnte allerdings von ihr und Angel zurückgeschlagen werden.*

Eher unabsichtlich kam Spike uns zu Hilfe, als er den Gesalbten am nächsten Morgen tötete. Damit vernichtete er auch das letzte Überbleibsel des Meisters. **Siehst du, niemand ist nur böse.** *Aber das sollte erst der Auftakt unserer Probleme mit Spike sein.*

Kurz nach diesem Zwischenfall entwendete ein Vampir ein Buch aus der Bibliothek. Da es (zu Xanders großer Überraschung) mehr als nur ein Buch dort gab, benötigte ich einige Wochen, um herauszufinden, um was es sich dabei handelte. Als Buffy mir dann von zwei Vampiren berichtete, die den Körper von Josephus du Lac aus einem Mausoleum gestohlen hatten, verdichteten sich die Anzeichen, dass etwas geschehen würde, denn der Theologe und Mathematiker Josephus du Lac war außerdem Autor eines Buches über schwarzmagische Zaubersprüche, eben jenes Buches, das aus der Bibliothek entwendet worden war.
Versuch mal, diesen Satz in einem Atemzug zu lesen!

Bevor wir uns jedoch näher damit beschäftigen konnten, wurden Buffy und Angel beim Eislaufen von einem dämonischen Kopfgeldjäger des Ordens von Taraka überfallen. Sie konnten ihn zwar töten, aber da dieser Orden als unbesiegbar galt, empfahl ich Buffy, sich bis auf weiteres zu verstecken. Niemand von uns ahnte, dass die Attentäter nicht die einzigen Neuzugänge in Sunnydale waren. Kendra, eine Auserwählte, die durch Buffys kurzzeitigen Tod berufen worden war, traf im Ort ein und steigerte nur noch das Chaos, das die Attentäter ausgelöst hatten.

Inmitten all dieser Probleme fand ich schließlich heraus, dass das gestohlene Buch ein Ritual enthielt, mit dem verletzte oder erkrankte Vampire geheilt werden konnten. Die Schlussfolgerung, dass Spike hinter dem Diebstahl steckte, war fast schon zwingend. Erschwerend kam hinzu, dass man für dieses Ritual das Blut des Vampirs benötigte, der Drusilla ursprünglich zur Untoten gemacht hatte. Wir alle wussten, dass es sich dabei um Angel handelte.

Ich frage mich ernsthaft, warum es mich überraschte, dass Buffy ohne die geringste Rücksprache mit mir zu halten, zum Ort des Rituals aufbrach. Es ist ja nicht so, als ob ich ihr Informationen oder wichtige Ratschläge hätte geben können – schließlich bin ich ja nur ihr Wächter. Ist Sarkasmus eine Grundvoraussetzung für diese Position?

Keine Ahnung, aber es kann sicher nicht schaden.

Während Buffy auf einen ihrer völlig unvernünftigen Kreuzzüge ging, brachte Spike den entführten Angel zu Drusilla, um das Ritual zu beginnen. Kendra tat das einzig Richtige – wenigstens eine Auserwählte, die auf ihren Wächter hört – und informierte mich. Ich wusste, dass noch ein Seitenhieb kommen musste. „Kendra tut, was ich sage“; „Kendra passt in Dämonenkunde auf“; „Kendra läuft nicht ohne nachzudenken in Todesfallen“ ... *Zusammen mit ihr, Xander, Cordelia und Willow brach ich zu der verlassenen Kirche auf, in der das Ritual stattfinden sollte. Buffy war bereits dort, ebenso wie die wartenden Attentäter des Ordens von Taraka, denn überraschenderweise handelte es sich bei der Kirche um eine Falle. Wer hätte das gedacht ...* Der Sarkasmus entwickelt sich zu einem deutlichen Trend in dieser Passage.

Es kam zum Kampf zwischen uns und den Vampiren. Dabei – und ich weiß, dass es albern ist, im eigenen Tagebuch damit anzugeben – tötete ich meinen ersten Vampir. Wenn man auf dem Höllenschlund lebt, sollte das eigentlich nichts Besonderes sein, aber um ehrlich zu sein, war es ein Moment, den ich so schnell nicht vergessen werde.

Buffy bewies wieder einmal ihre Kreativität im Umgang mit vorhandenen Mitteln, denn während die Kirche um uns alle herum abbrannte, begrub sie Spike unter einer Orgel. Hey, das war ein Lob, richtig? Oder ist mein Sarkasmometer falsch geeicht? **Können wir uns mal darauf konzentrieren, wie weh es tut, eine Orgel im Rücken zu haben?**

Er überlebte wider Erwarten (was wir zu diesem Zeitpunkt noch nicht ahnten) und wurde von einer gesundeten Drusilla gerettet. Allerdings sorgten seine schweren Verletzungen dafür, dass er an den Rollstuhl gefesselt war. Aber auch das hielt ihn nicht davon ab, gemeinsam mit Drusilla den Richter wieder zu erwecken, einen als unbesiegbar geltenden Dämon, der mit nur einer Berührung zu töten vermag. Da er nicht getötet werden kann, wurde er zerstückelt und in unterschiedlichen Teilen der Welt verscharrt. Drusilla gelang es, all diese Teile zusammenzusetzen. Zwar konnten Angel und Buffy kurzzeitig einen Arm an sich bringen, aber wie das Wort „kurzzeitig“ bereits andeutet, verloren sie ihn auch wieder an die angreifenden

Vampire. Der Richter wurde vollständig zusammengesetzt und die Ereignisse dieses Abends setzten eine weitere Katastrophe in Gang, aber mehr darüber an einer anderen Stelle. **Was für eine Katastrophe?** Angelus. Ich glaube, dass er ihn nur erwähnt, wenn es unbedingt nötig ist.

Es war Xander, der uns schließlich die Vernichtung des Richters ermöglichte, denn mit seinem Armee-Wissen, das er an Halloween erworben hatte, verschaffte er sich Zugang zu einer Militärbasis und stahl einen Raketenwerfer. Mit dem machte Buffy dem Richter eindrucksvoll klar, dass der Fortschritt auch vor der Welt der Dämonen nicht halt macht. Wir anderen mussten nur noch die Stücke aufsammeln, die von ihm übrig geblieben waren. Erneut wurde mir hierbei klar, wie gut Buffy außerhalb etablierter Regeln denken kann. Wenn eine Armbrust nicht den gewünschten Erfolg bringt, muss man eben auf Raketenwerfer oder Orgeln ausweichen. Diese Flexibilität sollte wenn möglich noch gesteigert werden. Wie wäre es stattdessen mit „Diese Flexibilität sollte wenn möglich mit einer Woche Urlaub belohnt werden ?!“ **Du bist die Auserwählte, du urlaubst nicht.**

Dies war übrigens auch der Tag, an dem Angel seine

Seele verlor und als Angelus zu Spike und Drusilla zurückkehrte.

Einige Wochen lang herrschte eine fast schon gespenstisch zu nennende Ruhe in Sunnydale. Zwar gab es die üblichen Zwischenfälle, aber das Trio der Vampire meldete sich erst wieder, als Angelus beschloss, einen Dämon namens Acathla zu beschwören und mit seiner Hilfe die Welt zu vernichten. Aus teils altruistischen, teils von Eifersucht geprägten Motiven schlug sich der inzwischen gesundete Spike auf Buffys Seite und half ihr im Kampf gegen Angelus. Er überwältigte die vollkommen irrsinnige Drusilla und verließ mit ihr Sunnydale, um nach Brasilien zu gehen. **Meine heroischen Bemühungen kommen hier entschieden zu kurz.** *Zu dem Zeitpunkt, an dem ich diesen Eintrag erstelle, weiß niemand von uns, was aus den beiden geworden ist.*

Nachtrag **vom 26. Oktober 2002**

Zumindest diese letzten Fragen haben sich mittlerweile geklärt. Drusilla wurde in Los Angeles von Angel getötet und Spike ... nun, was mit Spike geschehen ist, erfordert etwas mehr Zeit.

Fünf Monate hörten wir nichts von ihm, doch dann kehrte er buchstäblich mit einem Knall zurück. **Es war gar nicht so leicht, den Wagen betrunken gegen das Ortsschild von Sunnydale zu fahren. Das erforderte höchste Konzentration.** *Du bist tot. Du hast keinen Blutkreislauf. Wie kannst du dich betrinken?* **Es gibt Mittel und Wege ...** *Wie sich langsam herausstellte, hatte Drusilla Spike wegen eines Chaosdämons verlassen. Er kehrte nach Sunnydale zurück, um sich an Angel zu rächen, dem er die Schuld daran gab, doch stattdessen entschloss er sich, Willow und Xander zu entführen, als sich ihm die Möglichkeit bot. Mit einem von Willows Zaubersprüchen (wäre ihm ihre Erfolgsquote bei solchen Sprüchen bekannt gewesen, wäre er wohl nie auf die Idee gekommen) wollte er Drusillas Liebe zurückgewinnen.*

Ich bekam von all dem nichts mit, weil ich einen druidischen Ritualplatz in Breaker's Woods aufgesucht hatte, aber bei meiner Rückkehr waren Oz und Willow kein Paar mehr, Cordelia lag im Krankenhaus und hatte sich von Xander getrennt, und Buffy hatte Angel mitgeteilt, sie wolle ihn nicht mehr sehen. Ich bin mir nicht sicher, was genau geschehen ist. Buffy erzählte nur, Spike habe sich entschlos-

sen, Drusilla auf seine Weise ohne einen Liebeszauber zurückzugewinnen. **Was auch richtig toll funktioniert hat ...**

Ein knappes Jahr später kehrte Spike erneut nach Sunnydale zurück. Er schien seine Liebe zu Drusilla überwunden zu haben, denn in seiner Begleitung befand sich Harmony, eine ehemalige Schülerin von Sunnydale High, die bei der Abschlussfeier zur Vampirin geworden war. Was hast du eigentlich an ihr gefunden? Ich habe schon Kleider getragen, die einen höheren IQ als Harmony hatten. **~~Sie war nicht so dumm ...~~ Sie hatte andere Vorzüge.** *Gemeinsam suchten sie den Stein von Amara, der angeblich den Vampir, der ihn trägt, unsterblich macht. Ich hatte die Geschichten darüber für einen Mythos gehalten, doch dann trafen wir in einer unterirdischen Kammer auf Harmony. Spike hatte versucht, sie zu pfählen, während sie den Stein trug, doch es war nichts geschehen.* Du solltest dir wirklich mal Gedanken über deine Beziehungen zu Frauen machen. *Sie tat mir fast schon Leid, als sie erzählte, wie er ihr den Stein abgenommen hatte.*

Im hellen Tageslicht konfrontierte er Buffy, aber sie nahm ihm den Ring nach einem kurzen Kampf und etlichen gegenseitigen Beleidigungen ab. Spike gelang es, in einen Kanal zu flüchten, bevor ihn das Sonnenlicht verbrennen konnte.

Nur wenige Wochen später widerfuhr Spike etwas, womit weder wir noch er hätten rechnen können. Er wurde von einer streng geheimen Sondereinheit namens Initiative (ein Name, der ebenso lächerlich war, wie der ganze Zirkus, den sie veranstalteten) **Endlich sind wir mal einer Meinung.** *gefangen genommen. Man implantierte ihm einen Chip ins Gehirn, der verhindern sollte, dass Spike einen Menschen angreifen oder verletzen konnte. Jedes Mal, wenn er es versuchte, wurde er mit entsetzlichen Schmerzen bestraft. Nur Dämonen konnte er immer noch töten, was er auch mit Hingabe tat, als er bemerkte, dass er nur so seine Gier nach Gewalt stillen konnte.* **Das war mehr so'n Macho-Ding.** *Er begann, uns zu helfen, anfangs aus Geldmangel, später aus anderen, komplexeren Gründen. Eine Zeitlang wohnte er sogar bei mir – ein Umstand, an den ich noch nicht einmal mich selbst erinnern möchte.* **Hey, für mich war das auch nicht leicht.**

Langsam, ob aus Notwendigkeit, Opportunismus oder (zumindest auf Buffy bezogen) einer Art von Liebe heraus wandelte sich Spike, bis er schließlich einen Punkt erreichte, an dem er seine eigene Existenz – diesen inneren Dämon ohne Moral und das Verständnis von richtig und falsch – nicht mehr ertragen konnte und nach einem Ausweg suchte.

Seine etwas melodramatische, aber ungeheuer beeindruckende Lösung dieses Problems war eine Reise nach Afrika, an deren Ende er seine Seele zurückerhielt.

Was er damit anfangen wird und ob er erreicht, was er zu erreichen hofft, bleibt abzuwarten. Durch seine Tat hingegen ist er jetzt schon einzigartig. **Ein einzigartiger Idiot ...** *Das sehe ich nicht so.*

07.10.1998

Drusilla

AUSSEHEN: Drusilla ist ungefähr 1,70 Meter groß, sehr schlank und hat lange schwarze Haare. Ihr Gesicht ist schmal und bleich; ihre Augen wirken unnatürlich groß. Sie trägt meistens viktorianisch anmutende Kleidung.

STÄRKEN: Vampirische Körperkraft, manipulative Geistesfähigkeiten (Hypnose).

SCHWÄCHEN: Vollkommen irrsinnig.

BESONDERHEITEN: Hat präkognitive Fähigkeiten, Visionen und eine starke geistige Bindung zu Angel und Spike.

Prä ... was? **Sie konnte die Zukunft lesen, manchmal jedenfalls. Ab und zu las sie auch die Vergangenheit oder irgendwas, das niemand außer ihr verstand.**

Drusilla ist nicht nur eine der gefährlichsten Vampirinnen, die je nach Sunnydale kamen, sondern auch eine der tragischsten. Natürlich steckt hinter jeder Vampirwerdung eine Tragödie, das ist mir klar. Ein Mensch wird von einem Monster getötet, nur um selbst zum Monster zu werden. Meistens sehen wir darüber hinweg, wenn wir einem Vampir im Kampf begegnen, aber bei Drusilla schimmerte dieses Schicksal stets durch und gab ihr sogar in ihren grausamsten Momenten einen Aspekt tiefer Traurigkeit. **Sie war nicht nur traurig und verrückt. Sie hatte auch Sinn für Humor, wenn man abgetrennte Körperteile komisch findet.** Ich glaube, diesen Teil ihrer Persönlichkeit deckt der Begriff „verrückt“ ganz gut ab.

Nach allem, was wir wissen, wurde Drusilla (Nachname unbekannt) 1840 in England geboren und wuchs in behüteten Verhältnissen auf. Ihre Mutter sang ihr als Kind oft etwas vor, woran sie sich auch als Vampirin erinnerte. Drusilla war schön, keusch und eine gläubige Christin. Allerdings lag schon damals ein Schatten auf ihrem Leben, denn sie litt unter Visionen, die ihre Mutter für Teufelswerk hielt. Sie ging regelmäßig beichten, weil sie fürchtete, ein Opfer des Teufels zu werden. Bei einer dieser Beichten begegnete sie Angelus, nicht ahnend, dass auf der anderen Seite des Beichtstuhls die Leiche ihres Priesters lag. Sie berichtete von den Visionen, die sie immer wieder hatte und von ihrer Furcht, dem Bösen zu verfallen. Angelus antwortete, sie sei ein Kind des Bösen und solle den Teufel willkommen heißen. Als Drusilla sich weigerte, verließ er den Beichtstuhl, fügte jedoch noch hinzu, Gott beobachte sie.

Zu diesem Zeitpunkt, 1860, lebte Drusilla in London. Angelus verfiel ihrer Schönheit, war wie besessen von ihr und von dem Gedanken, diese Reinheit, die er spürte, zu korrumpieren und zu vernichten. Er begann, sie zu tyrannisieren und ermordete schließlich ihre gesamte Familie. Dem Wahnsinn nahe floh sie in ein Kloster. Dort schien sie Ruhe gefunden zu haben, doch einen Tag vor ihrem Gelübde kam Angelus zu ihr, und seine Qualen trieben sie endgültig in den Irrsinn. Er tötete Drusilla und machte sie zur Vampirin.

Der Verlust ihrer Seele hob den Wahnsinn, dem sie verfallen war, nicht auf. Trotzdem (oder gerade deshalb; Angelus hat schließlich einen verstörenden Sinn für Humor) reiste sie mit Angelus und Darla durch Europa, bevor sie 20 Jahre später wieder in London auftauchte. Dort bemerkte Drusilla einen jungen, wohlhabenden und nicht sonderlich talentierten Dichter **Muss er darauf herumhacken?** *namens William, der unter Liebeskummer litt. Sie nutzte seinen Zustand aus und machte ihn zum Vampir.*

Spike, wie William sich nach seiner Metamorphose

nannte, wurde zum festen Mitglied, der jetzt auf vier Vampire angewachsenen Gruppe. Diese Beziehung funktionierte, bis Angelus 1898 eine Seele bekam. Dann erst brach sie auseinander. Drusilla und Spike blieben jedoch trotzdem zusammen, vereint in etwas, das man in Ermangelung eines besseren Wortes als „dämonische Liebe" bezeichnen könnte. Selbst als Drusilla Mitte der 90er Jahre (vermutlich 1996) von einem wütenden Mob in Prag schwer verletzt wurde, gab Spike sie nicht auf, sondern suchte nach einem Weg, um sie zu retten. Er kam nach Sunnydale und entführte Angel, dessen Blut Drusillas Stärke wiederherstellen sollte. Drusilla nutzte die Gelegenheit, um Angel zu foltern und den Tod ihrer Familie zu rächen.

Dieses Verhalten zeigt, wie psychotisch ihr Verhältnis zu Angel/Angelus war, denn obwohl sie über Jahrzehnte hinweg mit ihm zusammenlebte und jagte, sah sie an diesem Tag nur den Mörder ihrer Familie in ihm.

Obwohl Angel gerettet werden konnte, gelang das Ritual. Drusilla gewann ihre Stärke zurück und begann, Spike zu pflegen, der nach dem Kampf gegen Buffy im Rollstuhl saß. Pünktlich zu ihrem Geburtstag trafen die Einzelteile des Richters ein, die sie sozusagen als Geschenk zusammensetzte. Sie war nicht gerade begeistert, als Buffy den Dämon, den „keine geschmiedete Waffe“ besiegen kann, mit Hilfe eines Raketenwerfers ausschaltete. **Nicht begeistert?! Tagelang musste ich mir den Scheiß anhören: „Wir müssen endlich die Jägerin umbringen!“, „Lass dir auch mal was einfallen!“, bla bla bla ...**

Nach Angelus' Rückkehr änderten sich die Vorzeichen innerhalb der Gruppe. Gelangweilt von Spikes Hilflosigkeit wandte sich Drusilla immer stärker Angelus zu, sehr zu Angelus' Freude und Spikes Missfallen. Diese Eifersucht war sicherlich der Grund für die Hilfe, die Spike Buffy anbot, als Angelus und Drusilla versuchten, den Dämon Acathla zu erwecken. Im Gegenzug sollte Buffy ihm und ihr erlauben Sunnydale zu verlassen.

Ich muss gestehen, dass wir die Gefahr, die von Drusilla ausging, unterschätzten. Das wurde deutlich, als es in der Bibliothek zum Kampf kam. Sie hypnotisierte Kendra, die zweite Auserwählte beinahe mühelos und schnitt ihr anschließend die Kehle durch. Dann entführte sie mich und mit Hilfe ihrer geistigen Kräften gelang ihr schließlich das, was Angelus mit seiner Folter nicht gelungen war: Ich verriet ihr das Ritual zur Erweckung

Acathlas, weil ich glaubte, Jenny vor mir zu sehen.

Wäre ich nicht auf diese Täuschung hereingefallen, wäre Buffy die vielleicht schwerste Entscheidung ihres Lebens erspart geblieben. **Es war nicht sein Fehler. Wir haben alle mehr gegeben, als man je von uns erwarten konnte.**

Drusilla verlor vollkommen den Verstand, als Spike Angelus angriff. Sie prügelte auf ihn ein, und er musste sie schließlich betäuben, um gemeinsam mit ihr das Anwesen verlassen zu können. Genützt hat es ihm jedoch wenig, denn nur wenige Monate später verließ ihn Drusilla für einen Chaosdämon. **Danke für das Mitgefühl.** *Spike, so scheint es, war ihr nach der erneuten Begegnung mit Angelus zu zahm und einfach nicht böse genug.*

Nachtrag

Er bemühte sich diesem Eindruck zu widersprechen, als Drusilla und Harmony rund zwei Jahre später wieder auftauchten. Um Buffy zu beeindrucken, versprach er, sie zu töten, was weder seine Beziehung zu Buffy noch zu Drusilla sonderlich verbesserte.

Zusammen mit Harmony verließ Drusilla Sunnydale und wurde später in Los Angeles getötet.

07.10.1998

Angelus

AUSSEHEN:	Angelus ist ungefähr 1,90 Meter groß und äußerst muskulös. Seine Haare sind braun und kurz. Er trägt meistens dunkle Kleidung und hat eine Tätowierung auf dem Rücken.
STÄRKEN:	Vampirische Körperkraft, Skrupellosigkeit, gute Menschenkenntnis, Schnelligkeit.
SCHWÄCHEN:	Arroganz, Sadismus.
BESONDERHEITEN:	Seelenlose Version von Angel.

Ich habe lange darüber nachgedacht, was ich über Angelus schreiben sollte, und ob ich überhaupt geeignet bin, über ihn zu erzählen. Wegen ihm wurde Buffy zu einer Entscheidung gezwungen, wie sie schwerer nicht sein kann, wegen ihm starb Kendra, er folterte mich und verletzte Willow und Xander.

Er ermordete Jenny.

Er hat uns allen soviel angetan, dass es schwer fallen wird, objektive Aussagen über ihn zu treffen. Aber ich muss es trotzdem versuchen, denn er ist der schlimmste Gegner, dem wir je gegenüberstanden.

Angelus' Geschichte ist auch die Geschichte Angels und sie beginnt 1753 in Galway, Irland, als zwei junge Männer angetrunken eine Taverne verließen. Einer von ihnen wurde noch vor der Tür ohnmächtig, der zweite jedoch, der den Namen Liam trug, entdeckte eine schöne junge Frau in einer Gasse. **Einsame Frau in einer Gasse. Darla mochte immer schon die Klassiker.** *Er sprach sie an, fragte, ob er sie nach Hause bringen dürfe. Sie lehnte ab und versprach stattdessen, ihm etwas von ihrer Welt zu zeigen. Sie bat ihn die Augen zu schließen, bevor sie ihn biss und zum Vampir machte.*

Damit stand Darla, die Vampirin, am Anfang einer Kette, aus der später Drusilla und Spike entstehen sollten. Anfangs zu zweit, später zu viert, zogen sie durch Europa und zeigten in ihren Taten eine Grausamkeit, die kaum mehr zu übertreffen ist. Sie töteten ohne jede Skrupel und mit einer perversen Lust, die weder vor Frauen noch Kindern halt machte. Vampirjäger fielen ihr ebenso zum Opfer wie Farmer oder Reisende. Es gab niemanden, der vor ihnen sicher war.

Es gibt einige Aufzeichnungen aus der Zeit zwischen 1753 und 1898, aber die Geschichten von Gewalt und Tod gleichen sich und müssen nicht wiedergegeben werden. Erst 1898 kam es zu einer dramatischen Veränderung. Angelus, wie sich Liam als „Vampir mit dem engelsgleichen Gesicht" nannte, tauchte in den Wäldern Rumäniens auf (das geschah vermutlich kurz nach einem Erdbeben in Bukarest, bei dem die Vampire vom menschlichen Leid profitiert hatten) und tötete ein kleines Mädchen. Vielleicht wusste er es nicht, vielleicht war es ihm auch egal, aber dieses Mädchen gehörte einem Zigeunerstamm an, der über beträchtliche magische Fähigkeiten verfügte.

Angel versuchte, vor dieser Magie zu fliehen, aber es gelang ihm nicht. Der Vater des Mädchens versprach ihm, schon bald würde er sich an die Gesichter all der Menschen erinnern, die er getötet habe und gab Angelus seine Seele zurück.

Das Wissen um all die Gräueltaten, die er begangen hatte, trieb ihn fast in den Wahnsinn. Er suchte Hilfe bei Darla, aber sie und ihn verband nicht die gleiche dämonische Liebe, die Spike und Drusilla miteinander teilten. Darla verstieß ihn und zog allein mit Spike und Drusilla weiter. **Die ständige Rumheulerei konnte einem schon auf den Geist gehen. Sieh mich an, ich hab auch eine Seele, nerve ich deshalb jeden damit?**

Rund 20 Jahre tauchte Angelus nicht mehr in den Aufzeichnungen auf. Gegen Ende des Ersten Weltkriegs gelangte er dann per Schiff in die USA. Es wurde erneut still um ihn, aber in Dämonenkreisen ging die Geschichte über den Vampir mit der Seele um, der kein Blut von Menschen trank. Er nannte sich jetzt Angel.

Doch es geht hier nicht um Angel, sondern um Angelus. Jeder, der beiden begegnet ist, wird wissen, wie wichtig diese Unterscheidung ist. Mit seiner Seele ist Angel mitfühlend, gerecht und gradlinig, ohne Seele ist er ein sadistisches Ungeheuer.

In gewisser Weise begann und endete alles mit Jenny. ~~Sie Ich Wir waren mehr als~~ … das spielt keine Rolle. Ich lernte sie als Jenny Calendar kennen, aber ihr richtiger Name lautete Janna. Sie gehörte dem Kalderash-Zigeunerstamm an, der Angel rund 100 Jahre zuvor verflucht hatte, und sie war nach Sunnydale gekommen, um sicherzustellen, dass der Fluch auch erhalten blieb.

Ebenso wenig wie Angel selbst wusste sie allerdings,

dass ein Moment des vollkommenen Glücks den Fluch rückgängig machen würde, und als ihr Onkel Enjos davon erzählte, war es bereits zu spät: Angel und Buffy hatten miteinander geschlafen. Der Fluch war gebrochen.

Noch in der gleichen Nacht tötete Angel eine Passantin und suchte Spike und Drusilla auf, um sich mit ihnen zu verbünden. Er entwickelte einen fast schon pathologischen Hass auf Buffy und alle in ihrer Umgebung. Angel hatte sie geliebt, Angelus musste sie vernichten, um die Erinnerung daran auszulöschen.

Also begann er mit sadistischen Psychospielen. Er schlich sich nachts in Buffys Zimmer und zeichnete sie während des Schlafs. Sie fand die Zeichnung am nächsten Morgen neben ihrem Bett. Auch Joyce zeichnete er nachts und schickte Buffy die Zeichnung als Warnung, dass er immer und überall zuschlagen konnte. Willow bekam die toten Fische aus ihrem Aquarium und war so verängstigt, dass sie nicht allein bleiben wollte. Angelus sorgte dafür, dass die Angst allgegenwärtig war. Selbst Buffy bewahrte kaum noch die Kontrolle über sich.

Gleichzeitig suchten wir verzweifelt nach einer Methode, um Angels Seele wiederherzustellen. Jenny fand sie schließlich und speicherte die Details des Rituals auf einer Diskette ab, aber bevor sie uns informieren konnte, brachte Angelus sie um. Er vernichtete alle Hinweise auf das Ritual, übersah jedoch die Diskette.

Was er dann mit Jenny tat, was er mir antat, ich werde nie vergessen, wie ich die Treppe heraufging, der Klang von Puccinis La Bohème füllte den Raum aus, da waren Rosen, Champagner … für einen Moment dachte ich, Jenny sei auf dem Bett eingeschlafen, aber sie war tot.

Ich hätte mein Leben gegeben, um Angelus zu vernichten, doch Buffy ließ das nicht zu. Sie rettete mich, anstatt seine Existenz zu beenden.

Einige Wochen später fanden wir mehr oder weniger durch einen Zufall heraus, was Angelus tatsächlich plante. Er wollte einen Dämon namens Acathli erwecken, den ein Ritter vor langer Zeit in Stein gebannt hatte. Acathli, so hieß es in den Prophezeiungen, hatte die Macht, die ganze Welt in eine Höllendimension zu reißen und sämtliches, nicht dämonisches Leben zu vernichten. Ich weiß nicht wirklich, warum Angelus unsere Welt vernichten wollte, wenn er doch scheinbar soviel sadistisches Vergnügen auf ihr fand. Vielleicht war er so von Hass zerfressen, dass es ihm nicht reichte, Buffy nur zu töten. Er wollte mit ihr die ganze Welt in die Hölle reißen.

Es wäre ihm beinahe gelungen.

Zwar fand Buffy die Diskette, auf der Jenny das Ritual zur Wiederherstellung von Angels Seele gespeichert hatte, aber Willow, die das Ritual hätte durchführen sollen, wurde bei einem Kampf in der Bibliothek am Kopf verletzt und fiel in ein Koma. Ich wurde zu Angelus gebracht. Seiner Folter konnte ich widerstehen, Drusillas Magie nicht. Ich sagte ihr, dass Angels Blut den Vortex öffnen würde. Gleichzeitig erfuhr Buffy von einem rätselhaften Dämon namens Whistler, dass Angels Blut den Vortex auch wieder schließen würde, vorausgesetzt sie hätte das Schwert des Ritters, der Acathla damals besiegt hatte.

Genau dieses Schwert hatte Kendra Buffy gegeben, bevor sie von Drusilla ermordet wurde und mit ihm kam Buffy zu dem Anwesen, das Angelus, Spike und Drusilla bewohnten.

Während Xander mich befreite, stellte sich Buffy im Kampf gegen Angelus. Gleichzeitig begann Willow, die im Krankenhaus wieder zu sich gekommen war, das Ritual, um Angels Seele mit seinem Körper zu verbinden.

Es ist die große Tragödie dieses Tages, dass ihr das in dem Moment gelang, in dem Angelus den Vortex öffnete. Buffy sah, was geschah und obwohl sie wusste, dass Angel zu ihr zurückgekehrt war, durchbohrte sie ihn mit dem Schwert und stieß ihn in den Vortex.

Dann verließ sie Sunnydale und kehrte erst Monate später wieder zurück. Jeder hier scheint zu glauben, dass Angel tot ist, aber ich bin nicht so sicher. Die Höllendimension, in die er vermutlich gestürzt wurde, ist für dämonisches Leben nicht tödlich, und es würde mich nicht wundern, wenn wir ihn eines Tages wiedersehen würden.

Ich weiß nicht, was Buffy dann tun wird – und ich? Nun, ich erinnere mich an ein Gespräch, das ich ein oder zwei Wochen nach Jennys Tod mit Buffy führte. Ich sagte ihr, man würde Menschen nicht vergeben, weil sie es verdienten, sondern weil sie es brauchten.

Das war etwas, was Buffy hören musste. Sie ist die Auserwählte. Rache darf niemals zu ihrem Leitmotiv werden, Vergeltung niemals zum Ziel ihres Kampfes.

Ich bin nicht auserwählt und egal, was noch geschehen mag, und was ich vielleicht um Buffys Willen sagen oder tun muss, ich werde Angel niemals vergeben, was

Angelus getan hat.

Vielleicht sollten wir besser aufhören, das zu lesen. *Nein, ist schon okay ...*

26.12.98

Die Macht

AUSSEHEN: ?

STÄRKEN: Geistige Manipulation, kann das Aussehen Verstorbener annehmen, ist nicht zu töten.

SCHWÄCHEN: Kein Körper, was ebenso Stärke wie Schwäche ist.

BESONDERHEITEN: Wird von seinen Todesboten begleitet.

Wir wissen so wenig über die Macht, dass es sich fast nicht lohnt, einen eigenen Eintrag über diese Entität anzufertigen und doch ist sie so wichtig, dass es sein muss.

Der Ursprung der Macht liegt im Dunkel der Zeit verborgen. Klar ist nur, dass sie lange vor Einzug des geschriebenen Wortes bereits aus unserer Welt verschwunden war. Deshalb findet man in dämonischen Aufzeichnungen so gut wie keinen Hinweis auf sie. **Vielleicht sollte er sie mal „googlen"?!** **Glaubst du etwa, die Macht hat eine eigene Internetseite?** *Sie taucht unter verschiedenen*

Namen auf, wird manchmal „die Macht" genannt oder „das Erste Böse". Es gibt Anzeichen dafür, dass es sich bei ihr tatsächlich um einen der ersten Dämonen handelt, vielleicht sogar um die Essenz des Bösen selbst.

Das wirft interessante philosophische Fragen auf, denn die Auserwählte als Kämpferin des Guten, sozusagen als Lichtgestalt einer pre-apokalyptischen Epoche definiert sich über die Antithese ihrer selbst, nicht etwa über die These. Und so spiegelt sich auch die Macht als Essenz des Bösen in ihrer Antithese wider und realisiert sich selbst durch die Negation des Guten. Entfernt man nun das Ying vom Yang, bleibt dann nur das Yang, oder muss sich nicht das Yang erneut separieren, um in der Erschaffung einer Antithese sich selbst zu finden und zu dem zu werden, was Roger Bacon im Göttlichen vermutet?

Darin läge eine gewisse Ironie ... **Ja, ist ein echter Schenkelklopfer.**

Aber zurück zum Thema. Die Macht verfügt über keine Körperlichkeit, kann daher auch nicht verletzt oder getötet, nur zurückgetrieben werden. Anders sieht es mit seinen Anhängern aus, den so genannten Boten oder Todesboten. Bei ihnen handelt es sich um Männer (bzw. Wesen, die wie

Männer aussehen), die lange Kutten tragen und ihre Gesichter unter Kapuzen verbergen. **Aus gutem Grund.** *Sie haben keine Augen, nur zugenähte Lider, können jedoch ihre Umgebung problemlos erkennen. Die Todesboten sind stark, schnell und töten ihre Opfer mit langen Dolchen. Nichts Pflanzliches kann über oder unter ihnen wachsen. Sie beten zur Macht und tun alles, was sie verlangt.*

Vor einigen Tagen tauchte die Macht mit ihren Boten in Sunnydale auf und versuchte Angel dazu zu bringen, Buffy zu töten. Sie nahm das Aussehen von Personen an, die er als seelenloser Vampir ermordet hatte, redete auf Angel ein und manipulierte ihn schließlich soweit, dass er glaubte, den Dämon in sich nicht kontrollieren zu können. Er beschloss, den Tod im Sonnenlicht zu suchen. Selbst Buffy konnte ihn davon nicht abhalten, doch pünktlich zum Sonnenaufgang begann es in Sunnydale zu schneien (anscheinend zum ersten Mal) und Angel überlebte. **Wie romantisch ...**

Die Macht verschwand und wurde nie wieder gesehen.

Nachtrag

Leider kann ich den letzten Satz so nicht stehen lassen. Die Macht ist nach Sunnydale zurückgekehrt. Ihre Todesboten

bringen weltweit potenzielle Jägerinnen und ihre Wächter um. Das kann nur bedeuten, dass die gesamte Linie der Auserwählten ausgelöscht werden soll. Im Moment stehen wir dem Problem recht hilflos gegenüber, ebenso wie einer Kreatur, die von der Macht mit Hilfe von Spikes Blut erweckt wurde. **Das Wort „unfreiwillig" sollte in diesem Zusammenhang auftauchen.** Dabei handelt es sich um den Turok-Han, einen uralten, ungeheuer mächtigen Vampir, vor dem selbst andere Vampire zurückschrecken. Er ist völlig haarlos, hat spitze Ohren, noch spitzere Zähne und bewegt sich wie ein Tier. In seiner Schnelligkeit und Körperkraft ist er der Auserwählten überlegen. Zwar fürchtet der Turok-Han das Sonnenlicht ebenso wie fast alle Vampire, aber er lässt sich im Gegensatz zu ihnen nicht durch Pfählen vernichten. Hoffentlich funktioniert eine der anderen klassischen Methoden wie Verbrennen oder Enthaupten.

Auch wenn wir im Moment noch etwas im Dunklen tappen, bin ich jedoch zuversichtlich, dass wir gemeinsam einen Ausweg finden werden. Ich auch. **Ich nicht.**

14.01.1999

Hänsel-und-Gretel-Dämon

AUSSEHEN:	Dieser Dämon ist weit über zwei Meter groß, hat wild zerzauste, dunkle Haare, spitze Ohren und Eckzähne, die wie die Hauer eines Ebers über die Oberlippe ragen. Sein Blick ist stechend; er ist muskulös und durchtrainiert. Parallel tritt er als zwei kleine Kinder auf.
STÄRKEN:	Körperkraft, Größe, Wandlungsfähigkeit.
SCHWÄCHEN:	Lässt sich leicht enttarnen, nicht sonderlich intelligent.
BESONDERHEITEN:	Tritt nur alle 50 Jahre in Gestalt der Kinder auf.

Manche Dämonen haben konkrete Pläne, wollen die Welt vernichten oder die Menschheit versklaven. Andere suchen nur nach Nahrung. Der Hänsel-und-Gretel-Dämon (ein vollkommen idiotischer Name, der allerdings aus den Aufzeichnungen stammt) gehör-

te zur letzteren Kategorie, denn er ernährte sich von Furcht.

Das erste Anzeichen für das Auftauchen dieses Dämons entdeckten Buffy und ihre Mutter – ich werde nie begreifen, wie sie auf die Idee kam, Joyce auf eine Patrouille mitzunehmen – **Du hast deine Mutter zum Vampire töten mitgenommen? Das ist doch kein Ballettunterricht.** Glaub mir, ich habe mit Giles alle Variationen durchgespielt, weshalb das eine ganz schlechte Idee war. die Leichen zweier Kinder, die ein seltsames Zeichen auf ihrer rechten Hand trugen. Buffy glaubte an dämonische Aktivität, ich vermutete eher einen von Menschen begangenen Ritualmord. Diese Annahme wurde von der Stadt aufgegriffen, allen voran von Joyce Summers, die einen Feldzug gegen das Okkulte startete. Wenn man die Berufung ihrer Tochter bedenkt, war das recht bizarr, denn sie hätte wissen müssen, dass Magie uns allen mehrfach das Leben gerettet hatte. Aber vielleicht denkt man nicht ganz klar, wenn die Geister von toten Kindern im Wohnzimmer sitzen und mit einem reden.

Ohne dass wir es anfangs richtig begriffen, weitete sich der Feldzug besorgter Eltern zu einer Hexenjagd aus. Schulspinde wurden durchsucht, Willow geriet zum ersten Mal seit langer Zeit ins Zentrum der Aufmerksamkeit ihrer Mutter und Michael, der bei magischen Ritualen geholfen hatte, wurde von seinem Vater geschlagen.

Der zweite Schritt war die Konfiszierung meiner Bücher. Wir begriffen, dass die Stadt unter die Kontrolle einer Macht geraten war, die ihre Angst zur Paranoia steigerte und sie jegliches Maß vergessen ließ. Ohne Bücher war ich zur Recherche im Internet gezwungen, was sich erwartungsgemäß schwierig und lästig gestaltete. Wie kann man von einem Menschen verlangen, Seiten anzuklicken, anstatt sie umzublättern und nach Links zu suchen, wo es Kapitelverweise geben sollte. Außerdem beherrscht niemand im Internet die Grundzüge des geschriebenen Wortes oder der dazugehörigen Grammatik. „H3LL SUX!" beispielsweise ist kein Satz, auch wenn der Betreiber einer recht ausführlichen Dämonendatenbank davon auszugehen schien. Ich glaube, Giles wartet immer noch auf das große Comeback des Federkiels. **Ich mochte Federkiele. Sie waren romantisch ... was ich als Kreatur des Bösen natürlich zutiefst verachtet habe.**

Trotz dieser Widrigkeiten stand schließlich fest, dass die getöteten Kinder alle 50 Jahre erschienen, und das über Jahrhunderte hinweg. Sie lösten Hexenverbrennungen,

Lynchmobs und Krawalle aus und waren ganz klar dämonische Kreaturen.

Ich wollte Buffy von dieser Entwicklung berichten, aber die Sunnydale-Inquisition kam mir zuvor. Buffy wurde von ihrer eigenen Mutter betäubt und wachte neben Amy und Willow auf einem Scheiterhaufen auf.

Als ich wieder zu mir kam (ja, man hatte mich niedergeschlagen), war Cordelia bei mir. Gemeinsam stellten wir ein Mittel zusammen, um die wahre Gestalt des Dämons zu enthüllen. Dann machten wir uns auf den Weg zum Rathaus, um das Schlimmste zu verhindern.

Während Cordelia mit einem Feuerwehrschlauch die Scheiterhaufen löschte, setzte ich das Mittel ein, das die beiden Kinder als das enthüllte, was sie tatsächlich waren – ein Dämon.

Mit ihrem üblichen Improvisationstalent benutzte Buffy den Pfahl, an den man sie gebunden hatte, um den Dämon zu pfählen. Sie und Willow wurden gerettet, während Amy sich vor lauter Angst in eine Ratte verwandelt hatte und geflohen war. Momentan wissen wir noch nicht, wie die Metamorphose rückgängig gemacht werden kann, aber ich bin sicher, dass wir in den Büchern, die nicht ver-

brannt wurden, fündig werden.

Oder im Internet …

15.7.1999

Der Bürgermeister

AUSSEHEN: In seiner menschlichen Form ist Bürgermeister Richard Wilkins III. ein kräftiger Mann Mitte 50 mit hohem Haaransatz. Er tritt meistens im Anzug auf. In seiner dämonischen Form, die er schließlich annimmt, erscheint er als riesige Schlange mit langen, scharfen Zähnen.

STÄRKEN: Überzeugungskraft, Skrupellosigkeit; als Dämon: Kraft, Schnelligkeit.

SCHWÄCHEN: Seine Zuneigung zu Faith, Arroganz, irrationale Furcht vor Bakterien.

BESONDERHEITEN: Kann in seiner menschlichen Form nicht verletzt oder getötet werden.

Man sagt, Skrupellosigkeit und amoralisches Verhalten seien Charaktereigenschaften, über die jeder gute Politiker verfügen müsse, aber der Bürgermeister erhob diese Aspekte seiner Persönlichkeit zu einer wahren Kunstform und zelebrierte sie mit einer Lust, die fast schon ins Parodistische abglitt.

Selten habe ich einen Gegner erlebt, der seiner Bösartigkeit so unbeschwert Ausdruck verlieh. Natürlich waren wir zu diesem Zeitpunkt Glory noch nicht begegnet. Gegen sie wirkte der Bürgermeister wie ein taubstummer Autist.

Ich glaube, ich bin ihm nie begegnet.

Das Ziel des Bürgermeisters war nicht etwa eine Apokalypse oder eine andersartige Vernichtung unserer Existenzebene, sondern sein eigener Aufstieg zum Dämon. Dass dieser Aufstieg zumindest für die Stadt Sunnydale jedoch ebenso apokalyptische Konsequenzen haben würde, erklärte uns Anya, die während ihrer Karriere als Rachedämonin den Aufstieg des Dämons Lohas erlebt hatte. Dabei wurde ein ganzes Dorf vernichtet, es gab nur drei menschliche Überlebende. Der Grund für diese Zerstörungen war die Größe und die Reinheit des Dämons, denn – und in dieser Einschätzung stimmen Anya und die Bücher überein – die Dämonen, die in unserer Welt leben, sind nicht rein und können daher weder die Größe noch die Macht eines Wesens erreichen, das durch einen Aufstieg entsteht. Der Bürgermeister hatte sich auch bereits einen Dämon ausgesucht, nämlich Ovikon, ein riesiges Wesen, das im Lavagestein unterhalb Sunnydales lag.

Aber dieser Aufstieg war in Dämonenkreisen nicht unumstritten. Die El Eliminati, ein Vampirorden aus dem 15. Jahrhundert, der einen immens fetten Dämon namens Balthazar verehrte, **Ich habe von dem Typen gehört. Angeblich konnte er eine ganze Schafherde essen und hatte noch Platz für den Schäfer als Nachtisch ... und für den Schäferhund.** *stellte sich gegen Wilkins, und Balthazar selbst warnte Buffy vor der Gefahr, die auf sie zukam. Ein anderer Dämon bot uns ein Buch an, in dem wir wichtige Hinweise auf den Aufstieg des Bürgermeisters finden würden, aber er verlangte 5000 Dollar dafür.*

5000 Dollar! Es gab Zeiten, da hätte er das noch schlagende Herz einer frisch getöteten Jungfrau verlangt, aber heute geht es nur noch um Geld. Was soll nur aus dieser Welt werden ... **Er hat Recht. Ich erinnere mich an Dämonen, die aufgespießte Köpfe, herausgerissene Zungen oder die Gehirne von Zwillingen verlangten, die in einer Neumondnacht geboren wurden, aber heute wollen sie nur noch Mikrowellen, Gameboys, DVD-Player ... das hat doch keinen Stil.** *Vergiss nicht, dass du uns auch für Geld geholfen hast.* **In meinem Feng-Shui-Buch stand, aufgespießte Köpfe passen nicht zu**

meinem Sternzeichen, da musste ich improvisieren.

Geholfen hat das dem Dämon allerdings nicht, denn er wurde von Faith getötet, die mittlerweile für den Bürgermeister arbeitete. Sie übernahm die Position von Mr. Trick, einem Vampir afrikanischen Ursprungs. Ebenso wie der Bürgermeister trat er gerne im Anzug auf und erledigte die niederen Arbeiten, bis Faith ihn pfählte. Wilkins' anderer Assistent, der Mensch Allan Finch, fiel ebenfalls Faith zum Opfer, obwohl man hier anmerken muss, dass es sich bei seinem Tod um einen Unfall handelte.

Bis zu einem gewissen Zeitpunkt hatten wir angenommen, der Bürgermeister sei menschlich, aber dann entdeckte Oz sein Bild in einer alten Zeitung. Es stellte sich heraus, dass er über 100 Jahre alt war und Sunnydale gegründet hatte, um Dämonen mit einer ständigen Nahrungsquelle zu versorgen. **Sehr vorausschauend.** *Leider erfuhren wir nie, um welche Art Wesen es sich bei ihm handelte.*

Das letzte Puzzlestück, das dem Bürgermeister zu seinem Aufstieg fehlte, war die Schachtel von Gavrok und auch hierbei half ihm Faith. Im Inneren dieser Schachtel befand sich eine schier unendliche Menge Käfer, die wie eine Mischung aus Insekten und Krebsen aussahen. Diese Wesen aß Wilkins, als er sich auf das letzte Stadium seines Aufstiegs vorbereitete. Ich hoffe, er durfte sie wenigstens vorher grillen. **Mit Soya-Sauce schmeckt fast alles.**

Auch die Frage, mit der wir uns dringend beschäftigten, nämlich die nach dem Ort des Aufstiegs, wurde geklärt, als der Schulleiter Snyder erklärte, der Bürgermeister selbst würde zur Schulabschlussfeier eine Rede halten. Wir waren uns sicher, dass er sich die Aussicht auf über 100 lebendige Snacks nicht entgehen lassen würde.

Also formulierten wir einen Plan (nun, was bei uns so als Plan bezeichnet wird ...) Es war ein wirklich guter Plan! und setzten ihn in die Tat um. Wir verteilten Waffen an die Schüler, häuften Sprengstoff in der Bibliothek an und hofften, dass Buffy Erfolg haben würde.

Wie erwartet traf der Bürgermeister ein und begann seine Rede. Er hatte noch nicht einmal den Anstand, sich sofort in einen Dämon zu verwandeln und mit dem Kampf zu beginnen, nein, er musste die Schüler zuerst noch den Qualen einer rhetorisch sicherlich schlechten Rede aussetzen. Politiker!

Aber dann begann seine Verwandlung doch, pünktlich zu einer angekündigten Sonnenfinsternis. Wie aus dem

Nichts tauchten Vampire an den Ausgängen auf. Sie hatten den Auftrag, die Schüler zu töten, aber nicht von ihnen zu trinken. Eines ihrer ersten Opfer war Harmony. **Ein Beweis dafür, dass Vampire sich nicht unter Kontrolle haben, sonst wäre sie wohl kaum zum Vampir geworden.** *Buffy und die anderen, unter ihnen Oz, Willow, Angel und Wesley, kämpften heroisch gegen die Bedrohung (in Wesleys Fall sehr kurz und heroisch ...) und die Schüler schlossen sich ihnen an. Mit mittelalterlichen Waffen und Flammenwerfern begegneten sie den unvorbereiteten Vampiren.*

Vor ihren Augen verwandelte sich der Bürgermeister in eine riesige Schlange. Snyder, der nicht zu begreifen schien, was geschah, wurde eines ihrer Opfer. Wohl niemand, der ihn kannte, wird diesen Umstand sonderlich bedauern.

Buffy stellte sich dem Bürgermeister und spielte ihre Trumpfkarte aus: seine Zuneigung zu der wahrscheinlich toten Faith. Wie sie gehofft hatte, schlug sein Triumph in blinde Wut um, und er folgte ihr bis in die Bibliothek. Buffy rettete sich durch ein Fenster, und ich jagte die Bibliothek, die halbe Schule und den Bürgermeister in die Luft. **Mit dieser Tat haben wir vielen Schüler die Erfüllung ihrer Träume geschenkt.**

Obwohl damit nach dem Rauswurf aus dem Wächterrat auch meine Anstellung als Bibliothekar ein eher harsches Ende gefunden haben sollte, sehe ich der Zukunft gelassen entgegen. Wir haben zwei Apokalypsen abgewehrt und die Zerstörung Sunnydales (größtenteils) verhindert. Jetzt muss sich Buffy der nächsten Herausforderung stellen, die ebenso schwierig und nervenaufreibend, aber erheblich langwieriger sein wird: dem College.

Ich bin sicher, dass sie auch diese Hürde bewältigen wird. **Nicht ganz. Hürde anvisiert, daran hängen geblieben und in den Wassergraben gefallen ... meine College-Zeit im Schnellvorlauf.**

01.11.1999

Gachnar

AUSSEHEN:	Gachnar ist rund 18 Zentimeter groß und trägt eine Metall-Lederrüstung. Er ist haarlos, hat spitze, nach hinten gezogene Ohren und ebensolche Hörner.
STÄRKEN:	Verwandelt die schlimmsten Ängste eines Menschen in die Realität.
SCHWÄCHEN:	Er ist nicht gerade imposant.
BESONDERHEITEN:	Ernährt sich von Angst.

Traditionell ist Halloween der Tag, an dem Dämonen, Vampire und sämtliche okkulte Wesen eine Auszeit nehmen und den Menschen die Gelegenheit geben, sich über Dinge zu gruseln, die niemanden wirklich verletzen können. Es ist fast schon unnötig zu erwähnen, dass solche Traditionen auf dem Höllenschlund keine Gültigkeit besitzen, und dieses Jahr sollte das wieder einmal beweisen.

Buffy, Xander, Anya, Willow und Oz waren auf der Halloween-Party einer Studentenverbindung eingeladen, die ihr Haus ganz im Geist dieses Feiertags mit künstlichen Spinnweben und magischen Zeichen verziert hatten. Sehr lustig ... vor allem, wenn man echte magische Zeichen verwendet, darauf auch noch blutet und somit einen Dämon beschwört. Manchmal frage ich mich, ob irgendjemand in dieser Stadt eigentlich weiß, was er tut. **Ich weiß, was ich tue.** **Ich meistens auch. Gut, die Sache mit der Seele war vielleicht etwas voreilig und Harmony, ja das war auch ein Fehler und ... okay, vergessen wir das.**

Gachnar, das war der Name des Dämons, den die Studenten versehentlich in ihr Haus eingeladen hatten und noch bevor er erschien, begann er bereits mit seiner Arbeit. Die Plastik-Spinnen wurden zu echten Taranteln, die Eingänge zum Haus verschwanden, Willows Zauberei wandte sich gegen sie, Buffy fühlte sich von allen im Stich gelassen, Oz wurde zum Werwolf und Xander war plötzlich unsichtbar. Nur Anya blieb von diesen Vorgängen verschont, denn sie war aufgehalten worden und kam zu spät zur Party.

Als sie dort in einem Hasenkostüm eintraf (was ebenso komisch aussah, wie es sich liest), **Leute, die im Sombrero die Tür öffnen, sollten vielleicht nicht über andere Kostümentscheidungen lästern.** *erkannte sie sofort, dass* etwas im Inneren nicht stimmte. Sie kam zu mir, und gemeinsam drangen wir mit Hilfe einer Kettensäge in das tür- und fensterlose Haus ein.

In der Zwischenzeit hatten Xander und Willow das Buch gefunden, aus dem der Student das Symbol abgezeichnet hatte und wussten, dass ein Dämon namens Gachnar versuchte, sich zu manifestieren. Als Anya und ich eintrafen, begannen sich die Wände um uns zu schließen. Ich fing an, die Übersetzung des Dämonentexts laut vorzulesen und Buffy, die mich mal wieder nicht ausreden ließ, reagierte verfrüht und brachte den Dämon in unsere Realität. **Was kann ich dafür, wenn er langsamer redet, als ich handele?**

Unsere Erleichterung war groß, als sich herausstellte, dass die Größe des Dämons auf der Abbildung der tatsächlichen Größe entsprach. Buffy zertrat ihn. **Du hättest ihn zumindest pfählen oder köpfen können. Soviel Respekt hätte er verdient gehabt.**

Rückblickend betrachtet war dieser Tag für ein Sunnydale-Halloween recht erfolgreich. Es gab nur einen Toten (plus einen Dämon), und ich kam endlich mal dazu, die Kettensäge einzusetzen. Wenn man auf dem Höllenschlund lebt, lernt man auch diese kleinen Momente schätzen.

15.12.1999

Die Gentlemen

AUSSEHEN: Ca. zwei Meter groß, hager, fast skelettiert mit kahlen Schädeln, wächserner Gesichtsfarbe und langen, klauenartigen Fingern. Ihre Zähne wirken metallisch. Sie tragen schwarze Anzüge und altmodische Arzttaschen, in denen sich Skalpelle befinden.

STÄRKEN: Mit normalen Waffen unverwundbar!

SCHWÄCHEN: Menschliche Schreie!

BESONDERHEITEN:

Hörst keinen Ruf,
Hörst keinen Schrei,
Die Gentlemen,
sie zieh'n vorbei.
Seh'n zum Fenster rein,
Klopfen dann an,
Sie woll'n ganze sieben
Und du bist auch dran.

Du bist völlig stumm,
Siehst nie mehr Licht.
Du wirst schreiend sterben,
Doch man hört dich nicht.

Dieser aufmunternde Kinderreim machte uns zu allererst auf eine Gruppe von Dämonen (oder Untoten) aufmerksam, die wir mangels einer besseren Namensgebung als Gentlemen bezeichnen wollen. Buffy träumte von ihnen in einem prophetischen Traum, den ich jedoch nicht als solchen erkannte.[1]

In der darauffolgenden Nacht brachten sie Chaos über Sunnydale, in dem sie allen Einwohnern die Stimme raubten und damit Kommunikation und Ordnung zwar nicht vollkommen aufhoben, aber doch einschränkten. So sehr ich diese Ruhe im Fall von Xanders und Anyas ständigen Diskussionen begrüßte, **Wo er Recht hat ...** *da sie Teil eines diabolischen Plans war, mussten wir möglichst schnell dagegen vorgehen.*

Meine Nachforschungen stießen bald an ihre Grenzen, denn weder in der Wächterliteratur noch in anderen dämonischen Kompendien fanden sich Informationen über die Gentlemen oder ihre Absichten. Erst Olivias Zeichnung, die sie anfertigte, nachdem einer der Dämonen am Fenster vorbeigegangen war, brachte mich auf die Lösung.

[1] *Notiz an mich selbst: Sollte auch Buffys abwegigste Gedankengänge nicht ohne weitergehende Prüfung verwerfen. Es könnte sich um den Ausdruck einer neuen Fähigkeit handeln.*
Niemand außer Giles würde Fußnoten in ein Tagebuch schreiben – und sie an sich selbst adressieren. Und was heißt überhaupt abwegige Gedankengänge?!

Die Informationen, nach denen wir suchten, tauchten nicht etwa in offiziellen Schriften, sondern in einer Märchensammlung auf. Aus ihr erfuhren wir, dass die Gentlemen einst ein Reich überfielen, die Bewohner zum Schweigen verdammten und begannen, ihnen die Herzen aus dem Körper zu reißen.

Das wirft nebenbei bemerkt die Frage auf, woher die Faszination stammt, die Dämonen für menschliche Organe hegen. Es gibt weder eine magische noch eine wissenschaftliche Erklärung für dieses Verhalten, und abgesehen von möglichen kulinarischen Vorlieben dürfte es sich hierbei lediglich um den Versuch handeln, Menschen zu verunsichern und anzuwidern. **Was weiß der schon über Anwidern? Er musste schließlich nicht gefesselt neben alten Socken in Xanders Kellerloch übernachten. Wenn Organe die Alternative sind, steh ich als Erster in der Schlange.**

Jemand, der Weetabix in Blut taucht, ist wohl kaum eine ~~Kuri Korif~~ ... ein Experte, was Geschmack angeht.

Aber ich schweife ab. Sieben Herzen benötigten die Gentlemen damals, doch bevor sie ihren nicht näher genannten Plan in die Tat umsetzen konnten, wurden sie durch den

Schrei einer Prinzessin vernichtet. Nichts anderes konnte sie töten, kein Schwert, keine Axt, kein Pfahl – nur dieser Schrei.

Mit Hilfe eines Overhead-Projektors, mehrerer Zeichnungen und der Musik von Saint-Saens erklärte ich Buffy und ihren Freunden unsere Situation. Die Ironie, „Danse Macabre“ in diesem Zusammenhang einzusetzen, verpuffte mangels musikalischer Bildung leider wirkungslos. **Oh ... deshalb war das nicht auf dem „Addams Family“-Soundtrack.** *Am Ende hatten jedoch alle verstanden, dass die Gentlemen nur durch den Schrei einer echten menschlichen Stimme zu besiegen waren.*

Einen Aspekt der Bedrohung erwähnte das Märchen jedoch nicht: die Helfer der Gentlemen. Diese seltsam verwachsenen Gestalten bewegten sich wie Affen. Ihre Köpfe waren mit Bandagen umwickelt und ihre Oberkörper steckten in Zwangsjacken, deren geöffnete Ärmel bis auf den Boden herabhingen und beim Laufen von einer Seite zur anderen schwangen.

Welchen Sinn die Gentlemen darin sahen, ihre Diener in offene Zwangsjacken zu stecken, wird wohl ewig rätselhaft bleiben. Vielleicht handelte es sich um eine Art Dämonenfetisch. **Hey, da kenne ich aber bessere. Da**

war dieser eine Typ, der Katzenohren und [redacted]

Ebenso unklar ist der Plan, den die Gentlemen verfolgten und für den sie die sieben Herzen benötigten. Wollten sie einen Dämon beschwören oder gab es einen anderen, weniger offensichtlichen Grund?

Was auch immer ihre Intention war, Buffy stellte die Gentlemen schließlich in einem alten Kirchturm und zerstörte den Holzkasten, in den sie die Stimmen aller Bewohner gesperrt hatten. **War das nicht Riley?**

Kann sein, dass ich vergessen habe zu erwähnen, dass er auch da war.

Ein einziger Schrei reichte aus, um die Köpfe der Gentlemen – und ich zitiere die Auserwählte – „wie überreife saftige Melonen, die nur innen irgendwie grüner sind und mit vielen kleinen Bröckchen" auseinander platzen zu lassen. ***Macht er sich über mich lustig?***

Damit endete diese Bedrohung, allerdings müssen wir davon ausgehen, dass sie an anderer Stelle wieder aktiv werden könnten. Wir dürfen nicht vergessen, dass die Gentlemen auch im Märchen bereits vernichtet wurden, aber trotzdem in Sunnydale auftauchten. Ob es sich dabei um die

gleichen Wesen oder andere ihrer Spezies handelte, ist irrelevant. Das Problem konnte jedenfalls damals nicht vollständig gelöst werden, was die Schlussfolgerung zulässt, dass die Dämonen auch heute nicht vernichtet, sondern nur zurückgeschlagen wurden. Ich bin besorgt, was geschehen wird, wenn sie eines Tages die sieben Herzen vollständig zusammenbekommen und ihren Plan umsetzen können.
Mr. Positives-Denken-Ist-Eine-Kunst in Hochform.

Bis dahin werde ich mich mit den vielen offenen Fragen beschäftigen, die geblieben sind. Woher kamen die Gentlemen? Wer waren ihre Diener? Wieso konnten sie durch eine menschliche Stimme getötet werden, jedoch nicht durch andere Geräusche?

Und am wichtigsten: Was wollten sie?

Fyarl-Dämon

AUSSEHEN:	Ca. 1,90 Meter groß und bräunlich. Der Fyarl-Dämon ist unbehaart, meistens leider auch unbekleidet und verfügt über zwei Hörner, die gebogen aus seinem Kopf ragen.
STÄRKEN:	Große Körperkraft, sondert einen paralysierenden Schleim ab.
SCHWÄCHEN:	Kann mit Waffen aus Silber getötet werden.
BESONDERHEITEN:	Zerbrechen gerne Gegenstände und arbeiten häufig für andere Dämonen.

Ich würde den heutigen Tag gern als den peinlichsten Tag meines Lebens bezeichnen, aber damit würde ich das Schicksal nur herausfordern, sich eine Steigerung einfallen zu lassen.

Alles begann gestern, als Buffy mir nicht nur ihren neuen Freund Riley vorstellte, sondern auch enthüllte, dass er für die Initiative arbeitete, was jeder außer mir zu wissen schien. *Ich war mir so sicher, dass ich ihm das gesagt*

hatte. *Es half meiner Laune nicht unbedingt, dass der Dämonenprinz Barvain, auf dessen Erwachen wir abends in einem Mausoleum warteten, die Prophezeiung nicht einhielt. An ihm hätte ich mich zumindest abreagieren können. Doch dann tauchte mein alter Erzfeind Ethan Rayne auf und anstatt ihn zusammenzuschlagen (was eine bessere Idee gewesen wäre), gingen wir etwas trinken, weil er mich angeblich dringend vor einer Bedrohung warnen musste.*

Ich bin ein solcher Idiot!

Zwar stellte sich die Bedrohung später als real heraus (es ging um Adam, das Geheimprojekt der Initiative), aber Ethans eigentlicher Plan bestand darin, eines meiner – viel zu zahlreichen – Getränke zu vergiften. Da ich nicht unbedingt nüchtern war, gelang ihm das mühelos, und als ich heute morgen erwachte, blickte mir ein Dämon aus dem Spiegel entgegen.

Es war nicht sonderlich schwer zu erkennen, wer hinter dieser Verwandlung steckte. Schwerer war es allerdings, irgendetwas dagegen zu unternehmen, denn Fyarl-Dämonen sind ungewöhnlich stark und ich zerbrach, zerriss und zertrümmerte alles, was ich anfasste, inklusive des Telefons.

Mir fiel nur eine Lösung ein: Xander. Seine Wohnung

konnte ich relativ unauffällig erreichen und es war wahrscheinlich, dass er morgens zu Hause war. Damit hatte ich Recht, Xander schlief noch, wachte jedoch recht schnell auf, als plötzlich ein Dämon über ihm erschien. Erst in diesem Moment erkannte ich, dass ich nur noch Fyarl sprechen konnte, was Xander, dem ja bereits die englische Sprache nicht leicht fällt, natürlich überforderte. Für jemanden, der ein paar Stunden vorher noch fast erstochen worden wäre, teilt er ganz schön aus.

Also trat ich den Gang nach Canossa an, die ultimative Blamage, die ich unbedingt hatte verhindern wollen. Ich ging zu Spike. **Wofür ich ihm noch mal danken möchte. Er hat einen Vampir, der einen echt schlechten Tag hatte, sehr glücklich gemacht.** Es war eigentlich eher ein zufälliges Treffen, aber zum Glück sprach Spike Fyarl, sodass uns beiden ein Kampf erspart blieb. Ich bin allerdings ziemlich sicher, dass ich gewonnen hätte. **Wunschdenken!** Nachdem ich die ganze Situation erklärt hatte, fragte mich Spike, ob er Buffy Bescheid sagen sollte, aber ich lehnte ab, weil es mir einfach zu peinlich war. Stattdessen überzeugten 200 Dollar Spike davon, mich zu Ethan zu bringen.

Natürlich ahnten wir beide nicht, dass Buffy und die anderen der Meinung waren, der Dämon, der Xander angegriffen hatte, wäre auch mein Mörder oder zumindest Entführer. Die halbe Initiative suchte nach dem Dämon und wir liefen ihr direkt in die Arme – nachdem ich einem vollkommen albernen Impuls nachgebend, Maggie Walsh erschreckt hatte.

Spike lenkte sie ab (und lenkte außerdem meinen Wagen gegen eine Wand), **Soviel zum Thema Dankbarkeit! Ich riskiere mein Leben, aber es geht nur um diese alte Kiste.** während ich aus dem Fahrzeug sprang und zu Ethans Motel lief. Ich überraschte ihn, als er seine Sachen packte. Im gleichen Moment stürmten Buffy und Riley das Zimmer und in typischer Manier behauptete Ethan, ich sei der Dämon, der Giles getötet hätte.

Buffy griff mich an und stach mit einem Brieföffner in meine Brust, bevor sie erkannte, wer dieser Dämon wirklich war. Da die Klinge nicht aus Silber war, passierte mir nichts. Das erinnert mich daran, dass ich Buffy unbedingt mehr über die Unterscheidung von Metallen beibringen muss. Sie sollte Silber schon erkennen, wenn sie es in der Hand hält. Zum Glück konnte ich das nicht ...

Als ich sie später fragte, woran sie mich erkannt hatte, sagte Buffy, es seien die Augen gewesen, denn niemand außer mir könne sie so strafend ansehen. Anscheinend war meine Wächter-Tätigkeit nicht ganz umsonst …

Danke für die fehlende Erwähnung meiner heroischen Flucht. Die Initiative war nicht gerade glücklich über meine Anwesenheit.

20.05.2000

Adam

AUSSEHEN:	Ungefähr 1,90 Meter groß; er hat dunkle Haare und einen Körper, der aus Maschinen-, Menschen-, und Dämonenteilen besteht.
STÄRKEN:	Schnell, kräftig, gewalttätig, große Überzeugungskraft.
SCHWÄCHEN:	Instabile geistige Gesundheit.
BESONDERHEITEN:	Wurde von Professor Maggie Walsh „erbaut“.

Man kann der Initiative vieles vorwerfen: ein vollkommen fehlendes Verständnis über Dämonen und die Welt des Okkulten, militärische Geheimniskrämerei, Betrug, Dummheit, Skrupellosigkeit und mit Maggie Walsh eine Projektleiterin, die nicht die geringste Ahnung hatte, worauf sie sich eigentlich einließ und bereit war, über Leichen zu gehen (vor allem über Buffys Leiche), aber zumindest bei einer Sache haben sie einen geradezu durchschlagenden Erfolg bewiesen, näm-

lich bei ihrer eigenen Demontage. Geht das nur mir so, oder liegt ein Hauch von Abneigung über dieser Passage? **Ich könnte noch ein paar Sätze hinzufügen, wenn du möchtest.**

Adam – in dem Namen liegt eine so ungeheure Arroganz, dass ich nicht näher darauf eingehen möchte – war die Kreatur von Professor Maggie Walsh. Sie wollte den ultimativen Krieger erschaffen, ein Wesen, das die besten Charakteristika von Mensch, Maschine und Dämon in sich vereinte. Was sie bekam, war ein Killer, der seine eigene Identität suchte und mehr über Menschen lernte, in dem er ihr Innerstes betrachtete – was leider wörtlich gemeint ist.

Wie Frankensteins Kreatur wandte sich auch Adam gegen seinen Erschaffer und tötete Maggie Walsh. Sein zweites Opfer war ein kleiner Junge, der im Wald spielte. Als wir davon erfuhren, hielten wir diese Tat für das Werk eines Polgara-Dämons, was es zum Teil auch war, da Adam den Arm eines solchen Dämons besaß.

Der Triborg (wie Adam ab und zu genannt wurde) war jedoch mehr als ein Killer, er war eine Führungspersönlichkeit, die andere Dämonen um sich scharte und ihre Loyalität forderte. Zu meiner nicht gerade großen

Überraschung gehörte auch Spike zu dieser Gruppe ... Spike, den wir vor der Initiative versteckt hatten und den wir mit Geld unterstützten, wenn er es benötigte. Als Lakai Adams bewies er deutlich, was ihm diese Hilfe wert war. *Du besitzt wirklich überhaupt keinen Anstand.* **Ich war eine Kreatur des Bösen. Anstand war nicht meine höchste Priorität.**

Spike begann uns gegeneinander auszuspielen, was wir ihm zugegebenermaßen nicht gerade schwer machten. Er nutzte bestehende Konflikte und Sorgen, um die Gruppe auseinander zu treiben und ihre Mitglieder voneinander zu isolieren. Gleichzeitig brachte Adam Riley (den er als seinen Bruder betrachtete) unter seine Kontrolle, machte einen weiteren Soldaten ebenfalls zum Triborg, während Walsh und ein anderer Wissenschaftler ihm als Zombies dienten. Die letzte Phase seines Plans bestand aus einem Krieg innerhalb der Initiative.

Zum Glück erkannte Buffy, was Spike getan hatte. Wir fanden wieder zusammen und stellten uns gegen Adam. In einem gewagten Ritual verschmolzen Willows, Xanders und mein Geist in Buffys Körper. Mit dieser geballten Macht gelang es uns, den Uran-Kern aus seinem Brustkorb *zu reißen und ihn damit zu töten. Allerdings hatte er genügend Zeit, um seine Dämonenarmee auf die Initiative zu hetzen. Wir retteten soviele Menschen wie möglich, aber die Initiative war verloren.* **Meine Trauer hält sich in Grenzen.** *Das begriff sogar die militärische Führung in Washington, die anordnete, den gesamten unterirdischen Komplex mit Beton aufzufüllen und für immer zu versiegeln.*

Nachtrag

Das war vor rund zwei Jahren und bisher ist noch nichts passiert. Anscheinend war die Projektleitung so bemüht, die Katastrophe zu vergessen, dass sogar die Vernichtung des Komplexes vergessen wurde. Narren ... niemand weiß, was dort unten noch lauern könnte. **Wir könnten bei Gelegenheit mal nachsehen ... ein bisschen Spaß haben.** *Eher haben die da unten ein bisschen Spaß mit uns.*

27.09.2000

Dracula

AUSSEHEN: Ca. 1,90 Meter groß, sehr schlank. Lange schwarze Haare, schmales, weißes Gesicht. Er ist elegant gekleidet.

STÄRKEN: Vampirische Körperkraft, geistige Manipulation.

SCHWÄCHEN: Glaubt an seine eigene Legende.

BESONDERHEITEN: Auch wenn ich es vielleicht nicht extra betonen sollte: Dracula ist nicht Vlad Dracul, der auch Vlad, der Pfähler genannt wurde. *Ich will gar nicht wissen, warum er so genannt wurde!* **Er spießte seine Opfer auf Pfählen auf.** *Danke, dass du es mir trotzdem sagst.* Vlad Dracul war ein rumänischer Prinz, dessen Grausamkeit gefürchtet war, der jedoch bis heute von den Rumänen als Volksheld gefeiert wird, weil er das Land gegen die Türken verteidigte. Bram Stoker benutzte diesen Namen nur, weil er „Sohn des Teufels" bedeutet. Es gibt keine weiteren Übereinstimmungen zwischen dem Vampir und dem Prinzen.

Dracula. Kein anderer Name der Vampirwelt ist mit solchen Assoziationen und Emotionen verbunden. Durch Bram Stokers Roman ist aus ihm eine unvergleichliche Ikone geworden; er ist der Star unter den Vampiren. **Und hat durch seinen dämlichen Geltungsdrang der ganzen Welt verraten, wie man uns umbringen kann. Klar erzähle ich ihnen, wie man Vampire tötet, Mr. Stoker, wenn ich dafür Hauptdarsteller in ihrem Buch werde ... Idiot!** Sind wir ein bisschen neidisch?

Natürlich war es nur eine Frage der Zeit, bis wir ihn in Sunnydale erleben würden und ehrlich gesagt, wundert es mich, dass er vier Jahre dafür brauchte.

Er kam nachts, wie nicht anders zu erwarten war. Seinem Stand entsprechend reiste er in einem mit Heimaterde gefüllten Sarg, der von einem Speditionsunternehmen an seiner Burg abgeliefert wurde. Die Möbelpacker waren Draculas erste Opfer in seiner neuen Wohnstatt.

Eine Nacht später begegnete Buffy Dracula während ihrer Patrouille auf dem Friedhof. Er nannte sie eine Killerin und behauptete, die Wurzeln ihrer Kraft lägen in der Dunkelheit. Als Buffy versuchte, ihn zu pfählen, verwandelte er sich zuerst in einen weißen Nebel, dann in eine Fledermaus. Das war enorm unfair. **Um nicht zu sagen, feige. Ich konnte diesen Typen noch nie leiden.**

Kaum war er berühmt, vergaß er alle seine Feinde.

Buffy war, nun, sie war überrascht, um nicht zu sagen beeindruckt von der Tatsache, dass Dracula ihren Namen kannte und benahm sich, als sei sie einem Popstar begegnet.

Er kannte wirklich deinen Namen? Cool, oder? *Anyas Geschichten aus der „guten alten Dämonenzeit", als sie und Dracula öfter mal zusammen ausgingen, half in dieser Situation nicht unbedingt, ebenso wenig wie Xanders Eifersucht.*

Zumindest letzteres erledigte sich von selbst, als Dracula Xander unter seine geistige Kontrolle nahm und ihn zu seinem Botschafter in Sunnydale machte.

In der gleichen Nacht besuchte Dracula Buffy (ihre Mutter hatte ihn am Abend zu einer Tasse Kaffee ins Haus eingeladen, obwohl sie es nun wirklich besser wissen sollte) und trank von ihrem Blut. Buffy versuchte, die Wunde zu verbergen, aber Riley entdeckte sie trotzdem. Es schien, als sei auch Buffy nicht immun gegen die geistigen Kräfte des Vampirs, daher ließen wir sie mit einem Schutzzauber von Willow und in Xanders Obhut zurück. Das war keine sehr intelligente Entscheidung, Sagte Mr. Untertreibung trocken ... *denn Xander nahm Buffy mit in die Burg des dunklen Prinzen.*

Währenddessen entdeckten Riley und ich etwas, das uns in den letzten Jahren in Sunnydale noch nicht aufgefallen war: eine Burg (gut, mir war auch einige Jahre nicht klar, dass Sunnydale einen internationalen Flughafen, einen ungewöhnlich großen Hafen und einen Strand hat, aber die Burg war definitiv neu). **Was wird er erst sagen, wenn er von dem neuen Minigolfplatz hört?**

Im Inneren dieser Burg lieferten sich Buffy und Dracula einen geistigen Kampf. Er versuchte, sie zu manipulieren, behauptete, mehr über ihre Kräfte zu wissen, als sie selbst, und sie versuchte zu widerstehen.

Inzwischen hatten Riley und ich die Burg erreicht und trennten uns. Riley schlug Xander nieder, und ich fiel durch ein Loch in den Keller, zur Abwechslung ohne das Bewusstsein zu verlieren. Drei sehr hübsche Vampirinnen ... kümmerten sich um mich. Ich versuchte, natürlich zu widerstehen, aber, nun ja ... Zum Glück tauchte Riley auf und vertrieb sie mit einem Kreuz. Abgesehen von einem verlorenen Schuh und verlorenem Stolz war mir nichts passiert.

Ich hätte gern mit ihm getauscht. Draculas Frauen sind ... unerheblich und völlig überschätzt. Das ist meine ehrliche Meinung.

Dracula brachte Buffy dazu, von seinem Blut zu trinken, zum Glück nicht soviel, dass sie selbst zu einem Vampir wurde. Sie sah Visionen der ersten Auserwählten, befreite sich jedoch dann aus seiner geistigen Umklammerung und trat den Kampf gegen ihn an. Dracula verwandelte sich erneut in Rauch, aber dieses Mal durchschaute Buffy den Bluff und pfählte ihn, als er wieder körperliche Form annahm.

Heute morgen bat Buffy mich, wieder ihr Wächter zu werden, eine Bitte, der ich nur zu gerne nachkomme. Eigentlich wollte ich nach England zurückkehren, aber jetzt bin ich froh, dass die Entscheidung noch nicht endgültig war. **Er wollte was?! Davon wusste ich nichts.** *Es scheint so, als würde ich noch eine Weile in Kalifornien bleiben.*

28.12.2000

Queller-Dämon

AUSSEHEN: Ungefähr einen Meter lang und dunkelbraun. Der Queller-Dämon hat einen Körper, der wie eine Kakerlake aussieht und über Wände und Decken kriechen kann. Sein Gesicht ist grob menschenähnlich; sein Mund rund und voller spitzer Zähne. *Ich hasse Kakerlaken!* **Sie sind okay, wenn man sie grillt.**

STÄRKEN: Schnelligkeit.

SCHWÄCHEN: Geringe Körperkraft.

BESONDERHEITEN: Spürt geistige Verwirrung; tötet, indem er seinen Opfer eine Flüssigkeit in den Mund spuckt und sie erwürgt.

Die Legende über den Queller-Dämon stammt aus dem frühen Mittelalter von der Insel Island, wo Menschen glaubten, der Mond besitze die Kraft, den Wahnsinn zu bringen. ***Heute wissen wir, dass nur Filme über Michael Jackson soviel Macht besitzen.*** *Man betete um einen besonderen Meteor, der den*

Irrsinn stoppen sollte. Dieser Wunsch wurde erfüllt, denn der Queller-Dämon tauchte auf und tötete alle, die geisteskrank waren.

Ein solcher Dämon war natürlich für Glory außerordentlich praktisch, schließlich verloren die Opfer ihrer geistigen Nahrungsaufnahme den Verstand und sorgten für chaotische Zustände im Krankenhaus von Sunnydale. Es war allerdings nicht Glory, die den Queller-Dämon beschwor, sondern Ben, ihr körperliches Gefängnis. Er sah keine andere Möglichkeit, um die nicht enden wollende Spur von Opfern zu beseitigen.

Den ersten Hinweis auf diesen Dämon entdeckte Riley, als er die Überreste eines hohlen Meteors fand. Da Buffy wegen des Hirntumors ihrer Mutter andere Probleme hatte, informierten wir sie nicht, sondern begannen unsere eigenen Nachforschungen. Dabei entdeckten wir zahlreiche meteorologische Legenden, unter anderem auch die über den Queller-Dämon. Alles schien zu ihm zu passen, allerdings tauchte er nicht ohne Beschwörung auf. Die Schlussfolgerung Glory war ebenso logisch wie falsch.

Ohne dass wir etwas davon ahnten, hatte der Queller-Dämon den Weg ins Krankenhaus gefunden. Dort bestätig-

ten fünf Tote den Verdacht, den wir hegten. Riley lehnte wieder einmal unsere Hilfe ab und hielt es auch nicht für nötig, uns davon zu informieren, dass das Militär den Fall übernommen hatte. **Ich habe nie verstanden, was du in diesem Typen gesehen hast. Er hat soviel Ausstrahlung wie ein Stück Holz, dem man Augen aufgemalt hat.** Aber ein sehr gut aussehendes, normal wirkendes Stück Holz!

Zu diesem Zeitpunkt hatte der Dämon jedoch bereits das Krankenhaus verlassen und war Buffy und Joyce bis in das Haus der Summers gefolgt. Joyce war geistig nicht mehr klar, was der Dämon spürte. Er ließ sich von der Decke auf sie fallen, aber zum Glück hörte Dawn, was im Schlafzimmer geschah und griff ein. Sie ließ sich von dem Dämon aus dem Raum jagen. Jetzt endlich hörte auch Buffy den Lärm, kämpfte gegen den Dämon und konnte schließlich mit einem Küchenmesser auf ihn einstechen. Aus nicht ganz nachvollziehbaren Gründen tauchte Spike während dieses Kampfes plötzlich auf. **Wie ich schon sagte: Ich wollte nur ein paar Sachen aus eurem Keller klauen, nichts anderes.** Manchmal ist es gut, Lügen nicht weiter zu hinterfragen. Das hier ist eine solche Situation.

Am Ende hatte Buffy den Queller-Dämon vernichtet und brauchte weder Riley noch sein verdammtes Militär dazu. **Noch jemand, der meine Meinung über das Holzstück teilt ...**

Glory / Ben

AUSSEHEN: In ihrer weiblichen Form ist Glory Mitte 20, blond und schlank. Als Mann hat sie das gleiche Alter und etwas dunklere, kurze Haare. Ben ist muskulöser als Glory.

STÄRKEN: Kann den Geist von Menschen aussaugen und gewinnt dadurch Kraft. Große magische Macht und Körperkraft.

SCHWÄCHEN: Geistesgestört, egomanisch, jähzornig. ***Und was davon sind Schwächen?***

BESONDERHEITEN: Glory ist kein Dämon, sondern ein Gott.

Seit mehr als einem Monat schiebe ich diesen Eintrag vor mir her. Der Rat verlangt nicht von mir, dass ich ihn schreibe, so wie sie es von keinem Wächter vor mir verlangt haben, aber diesen letzten Abschied bin ich Buffy schuldig.

Wir hatten einmal darüber gesprochen, weshalb es keine Eintragungen über den Tod von Auserwählten gibt und die Tagebücher der Wächter einfach abbrechen. Ich erklärte ihr, es sei für einen Wächter zu schmerzhaft, darüber zu schreiben. Sie bedauerte das und je länger ich darüber nachdachte, desto klarer wurde mir, dass sie Recht hatte. Den letzten Kampf einer Auserwählten nicht zu schildern, ist falsch und respektlos gegenüber ihrem Opfer. Abgesehen von eher peinlichen Todesfällen, wie das Ertrinken in einer zwanzig Zentimeter tiefen Pfütze, nachdem man vom Meister ausgesaugt wurde. In diesem Fall hätte ich Schweigen ganz klar vorgezogen.

Aber ich beginne am Ende der Geschichte, nicht an ihrem Anfang. Reden wir also über Glory.

Vor unendlich langer Zeit In einer Galaxis weit, weit entfernt ... herrschte Glory (eigentlich Glorificus) mit zwei anderen Göttern über eine Höllendimension voller Folter und Terror. Sie ernährten sich von diesen Energien. Über Jahrtausende hinweg nahm ihre Macht zu, doch die beiden anderen Götter bemerkten, dass Glory mächtiger wurde als sie. Aus Angst vor diesem Ungleichgewicht verbündeten sich die beiden gegen Glory und wagten den offenen Kampf. Ihnen gelang der Sieg, und sie verbannten Glory in unsere Dimension. **Es gibt Tausende von Dimensionen. Wieso muss all das, was niemand mehr haben will, in unse-**

rer landen? *Vielleicht sind wir eine Art galaktische Müllkippe?!* Hier landete sie im Körper des neugeborenen Benjamin, eines Menschen, der völlig unschuldig war und einfach nur das Pech hatte, zur falschen Zeit am falschen Ort geboren zu werden.

Die beiden lebten in einem merkwürdigen Zustand der Schizophrenie. Ben war Glorys Gefängnis aus Fleisch und Blut, aber sein Körper war nicht stark genug, um ihre gesamte Kraft aufzunehmen. Das verschaffte Glory die Möglichkeit, Bens Körper zu verlassen und ihren eigenen Willen auszuleben, bis ihre Energie verbraucht war. Dann übernahm Ben wieder die Kontrolle.

Um zu verhindern, dass dieses Geheimnis entdeckt wurde, erschuf Glory einen Zauber, der jedem Menschen, der die Verwandlung beobachtet hatte, die Erinnerung daran raubte. Dämonen waren von diesem Zauber jedoch nicht betroffen, wie wir durch Spike später feststellen sollten. **Wieder mal eine gute Tat von mir. Ich dachte, das sollte mal erwähnt werden.**

Glory hatte einen Plan. Sie wollte mit Hilfe des Schlüssels (mehr dazu gleich) in ihre Dimension zurückkehren, um sich an den anderen Göttern zu rächen. Prinzipiell hätte kei-

ner von uns etwas dagegen gehabt, aber der Einsatz des Schlüssels hätte einen Zusammenbruch der Barrieren zwischen allen Dimensionen ausgelöst und damit unsere Realität praktisch hinweggefegt. Deshalb war es von allergrößter Wichtigkeit, dass Glory den Schlüssel nicht fand. Aber das sollte unmöglich sein, denn obwohl man weder wusste, wie er aussah, noch wo er sich befand, war Glory ihm bis Sunnydale gefolgt.

Ihr erster Versuch beinhaltete ein Ritual, bei dem der ägyptische Gott Sobek erweckt werden sollte. Durch einen dummen Zufall gelangte Glory an das Kohl-Amulett und den Sobekium-Blutstein, der für dieses Ritual benötigt wurde. **Dummer Zufall = Giles verkaufte ihr die Zutaten!** *Da ein Schlangenkörper benötigt wurde, um Sobek hervorzubringen, schlug Glory*

die Scheibe des Kobra-Käfigs im Zoo von Sunnydale ein und begann mit einem ihrer äußerst unterwürfigen Mönchsdiener das Ritual. Buffy tauchte zwar rechtzeitig auf, konnte jedoch nicht mehr verhindern, dass Sobek entstand und sich auf die Suche nach dem Schlüssel machte.

Interessanterweise handelte es sich bei dem Sobek aus der ägyptischen Religion um einen Krokodil-Gott, nicht etwas um eine menschengroße Schlange, als die er hier auftrat. Ließe sich nachweisen, dass es sich dabei um den gleichen Sobek handelt, wäre das eine ägyptologische Sensation.

Aber zurück zum Thema. **Danke!** Sobek fand den Schlüssel nicht und wurde von Buffy getötet. In den nächsten Wochen enthüllte sich Stück für Stück die ganze Geschichte um Glory und ihre Suche nach dem Weg in ihre Dimension. Die Überraschung war groß, als wir feststellten, dass Buffys Schwester Dawn in Wirklichkeit der Schlüssel war und all die Erinnerungen, die wir (und sie selbst) über ein gemeinsames Leben hatten, nicht mehr als Illusionen waren. Ein Mönchsorden, der den Schlüssel vor Glory verbergen sollte, hatte dafür gesorgt. **Ist dir schon mal aufgefallen, dass so was nie funktioniert? Selbst wenn man den Schlüssel in einen Vulkan geworfen und**

den Krater zugeschüttet und einbetoniert hätte, wäre da ein Idiot gewesen, der ihn wieder ausgräbt. Es gibt immer einen Idioten. Das ist wie ein Naturgesetz.

Dawn hatte anfangs große Probleme, mit diesem Wissen umzugehen, gewöhnte sich aber schließlich daran. **Verdrängte es, passt wohl besser.** *Ich glaube nicht, dass sie wirklich verstand, in welcher Gefahr sie sich befand, denn nicht nur Glory war auf der Suche nach ihr, sondern auch die Ritter des Byzantiums hatten großes Interesse an ihr – tot, wohlgemerkt, nicht lebendig. Wir gerieten zwischen die Fronten, obwohl die Ritter eigentlich ebenso wie wir unsere Dimension retten wollten. Allerdings waren sie der Auffassung, der Zweck heilige jedes Mittel.*

Ich muss gestehen, dass ich teilweise geneigt war, ihnen zuzustimmen, denn wir gingen ein ungeheuer großes Risiko ein, für das jeder von uns den Preis zahlen musste, sei es durch körperliche oder geistige Verletzungen.

Am Ende nutzte alles nichts. Dawn fiel Glory in die Hände und ihr Blut öffnete die Barrieren zwischen den Dimensionen. Ich tötete Ben und damit auch Glory in ihm,

Ich habe mich immer gefragt, wie er gestorben ist ...

aber die Katastrophe war nicht mehr aufzuhalten.

Doch dann opferte sich Buffy an Dawns Stelle. Sie sprang von dem Turm, auf dem beide standen und schloss das Tor zwischen den Dimensionen. Ich weiß nicht, ob das sie tötete oder der Aufprall ... das ist auch unerheblich, das Resultat bleibt dasselbe.

Buffy starb, um die Welt zu retten. Das war keine Heldenentscheidung. Ich wusste einfach nicht, was ich sonst hätte machen sollen. Es war ein Plan, der aus Planlosigkeit entstand. **Du bist trotzdem gesprungen. Das zählt.**

Für eine Auserwählte gibt es kein passenderes und besseres Ende. Ihr Tod ist nicht die Konsequenz ihres Versagens, sondern ihres Erfolgs – und das ist gut, auch wenn manche von uns es vielleicht nie überwinden werden. ~~*Ich*~~

Nachtrag

Buffy ist zurück. Mehr später. Dum spiro, spero ...

Was heißt das? **Dem Dummen bleibt nichts erspart oder so!** Bist du sicher? Das macht nicht wirklich Sinn. **Sehe ich wie ein Latein-Lexikon aus?**

Sweet

AUSSEHEN: Menschengroß, hat einen deutlich eiförmigen Kopf mit lang gezogenem Kinn und einen Knochenbogen, der über dem Schädel verläuft. Seine rote Hautfarbe gibt ihm das Aussehen eines zu lange gebratenen Tandoori-Hühnchens.

STÄRKEN: Kann anscheinend nicht getötet werden; mordet, indem seine Opfer sich während Gesangs- und Tanzeinlagen spontan entzünden.

SCHWÄCHEN: Keine bekannt.

BESONDERHEITEN: Gute Gesangsstimme.

Es gibt Tage, an denen man glaubt, alles schon gesehen und gehört zu haben. Wir haben gegen Dracula, Fettberge und außerirdische Kakerlaken gekämpft, haben Götter gesehen und der Essenz des Bösen ins Auge geblickt. Was sollte uns schon noch wirklich überraschen? Doch dann wachten wir eines Morgens auf und sangen unsere tiefsten Gefühle in die Welt hinaus … und wir wussten, dass dieses Universum immer noch etwas Neues zu bieten hat.

Die spontanen Gesangseinlagen betrafen nicht nur uns. Ganz Sunnydale schien bemüht zu sein, zu West Side Story zu werden. Wir sahen Menschen, die sich über Strafzettel singend beschwerten, ein Mann freute sich mit einer ganzen Arie über einen Senffleck, der in der Reinigung herausgewaschen worden war – alle tanzten und sangen. **Gut, dass ich nicht betroffen war!** *Und wieso hast du dann gesungen?* **Das hatte nichts damit zu tun. Ich wollte nicht, dass du dich allein blamierst.** *Nette Ausrede!*

Ich muss gestehen, dass wir alle anfangs eher überrascht als besorgt waren. Wir gingen von einem harmlosen Zauberspruch aus – zumindest bis der erste Mensch vor unseren Augen in Flammen aufging. *Ja, aus „Sound of Music" wurde rapide „Sound of Death".* *Das Singen und Tanzen führte also anscheinend zu spontanen Selbstentzündungen.* **Das gibt dem Begriff „Saturday Night Fever" eine ganz neue Bedeutung.**

Während wir uns noch mit dieser Frage beschäftigten, wurde Dawn von drei unheimlichen Gestalten, die wie die Puppen eines Bauchredners aussahen, entführt und zu Sweet gebracht. Der erklärte in einer langwierigen Gesangseinlage, dass er nur wegen ihrer Beschwörung in unsere Welt gekommen sei und sie als Gegenleistung in der Höllendimension seine Königin werden sollte.

Dawn war verständlicherweise überrascht, denn sie hatte nichts mit der Beschwörung zu tun, trug jedoch den Talisman, der dabei verwendet worden war und den sie – sicherlich versehentlich – in der Magic Box eingesteckt hatte. **Ist ja nicht so, dass Dawn klauen würde oder so ...** *In Wirklichkeit steckte Xander hinter dem ganzen Problem. Er hatte den Dämon beschworen, weil er das für eine gute Idee hielt.*

Ich bin nicht sicher, ob ich darüber verärgert oder beeindruckt sein soll. Es ist nicht ganz einfach, einen Dämon zu beschwören. Dass Xander so etwas gelingen sollte, beweist, dass er doch mehr über magische Dinge gelernt hat, als man annehmen sollte. **Selbst Xander hat seine Geheimnisse.** **Wenn's nach mir geht, können die auch geheim bleiben.**

Um eine lange Geschichte kurz zu machen: Von Sweets Marionette erfuhren wir, dass er sich auf eine Begegnung mit der Auserwählten freute. Ich bestand darauf, Buffy allein zu ihm zu schicken, um ihr zu beweisen, dass sie auch ohne uns siegen kann, aber im letzten Moment machte ich die Entscheidung wieder rückgängig und wir alle brachen gemeinsam auf, um ihr zu helfen.

Ich weiß nicht genau, woher Buffy wusste, dass sie Sweet nicht töten konnte, aber es schien ihr trotzdem klar zu sein. Das ganze Problem löste sich jedoch von selbst, als Xander gestand, den Dämon beschworen zu haben. Ihn wollte Sweet dann doch nicht zu seiner Königin machen. ***Xander und Sex ist wirklich kein leichtes Thema.***

Damit sind fast alle Fragen geklärt, bis auf eine: Uns zum Singen zu bringen, mag eine dämonische Fähigkeit sein, aber wo kam die Begleitmusik her? ***Vielleicht hat Xander direkt noch ein ganzes Orchester beschworen?***

Faith (Nachname unbekannt)

AUSSEHEN:	Faith ist dunkelhaarig, schlank und durchtrainiert. Sie ist zwischen 18 und 20 Jahre alt.
STÄRKEN:	Auserwähltenstärke, Flexibilität, Skrupellosigkeit.
SCHWÄCHEN:	Psychisch labil, starkes Misstrauen.
BESONDERHEITEN:	Wurde zur Auserwählten berufen, als Drusilla Kendra tötete.

Ich habe Faith stets bedauert. Es gab nur wenige Chancen in ihrem Leben und die Umstände haben dafür gesorgt, dass sie keine einzige wahrnehmen konnte oder wollte. Wäre die Situation, in der wir sie kennen lernten, eine andere gewesen, wer weiß, wie sie sich hätte entwickeln können. Doch dazu ist es leider nie gekommen.

Wir wissen nicht viel über Faith. Sie stammt aus Boston und wuchs dort als Tochter einer alkoholkranken Mutter auf. Anscheinend verstarb ihre Mutter, als sie noch ein Kind war, denn Faith erwähnte, dass sie auf sich allein gestellt war, beziehungsweise „solo flog", wie sie sich ausdrückte. Über ihren Vater ist nichts bekannt. Sie hatte drei feste Freunde, die nach ihrer eigenen Aussage Verlierer waren, und sie verließ die Highschool nach ein oder zwei Jahren ohne Abschluss.

Faith wurde nach Kendras Tod berufen. Ihre Wächterin, eine ältere Frau, nahm sie mit nach Missouri, wo sie sich einem uralten Vampir namens Kakistos stellen sollte. Das war, wie ich gestehen muss, eine ungeheure Dummheit ihrer Wächterin, fast schon eine Fahrlässigkeit, denn Kakistos (der Name bedeutet nicht umsonst „der Schlimmste der Schlimmen") hatte Hufe an Armen und Beinen, was auf sein hohes Alter schließen ließ. Vampire werden zu Pferden, wenn sie alt sind?! **Manche nehmen tierische Aspekte an, je älter sie werden. Sie verlieren ihre Menschlichkeit.** Als Anfängerin war Faith ihm hoffnungslos unterlegen. Kakistos tötete ihre Wächterin auf eine so brutale Weise, dass Faith wie gelähmt war. Erst, als er sich auch ihr zuwandte, schlug sie ihm eine Axt ins Gesicht und floh nach Sunnydale.

Natürlich erzählte sie uns nichts davon, als ich das erste Mal auf sie traf. Stattdessen behauptete sie, ihre

Wächterin sei auf einem Ratstreffen in Cotswolds. Ein Anruf in England enthüllte, dass sie in Wirklichkeit tot war.

Faiths Lüge war kein Hinweis auf einen Charakterfehler, sondern spiegelte nur ihre Angst vor Ablehnung wider. In ihren Augen hatte sie als Auserwählte versagt, denn es war ihr nicht gelungen, ihre Wächterin zu beschützen und den Vampir zu vernichten.

Dieses Versäumnis machten sie und Buffy in Sunnydale wett, als Kakistos und ein zweiter Vampir namens Mr. Trick dort auftauchten. Faith, die vor den beiden zuerst fliehen wollte, nahm sich ein Beispiel an Buffy **Ich will kein Beispiel sein. Beispiele sind langweilig und dürfen nie Spaß haben.** **Sei ein schlechtes Beispiel. Ich hatte sehr großen Erfolg damit.** und konfrontierte ihre Furcht und damit auch Kakistos. Gemeinsam töteten sie ihn.

Der Wächterrat beschloss, Faith bis zur Berufung eines neuen Wächters in meiner Obhut zu belassen. Eine Weile sah es so aus, als habe sie ihre Probleme bewältigt. Sie und Buffy arbeiteten als Team und niemand von uns bemerkte die Abneigung und den Neid, der langsam in Faith entstand. Der Wendepunkt kam, als sich herausstellte, dass Buffy Angels Rückkehr vor uns verschwiegen hatte. Wir *alle fühlten uns von dieser Enthüllung hintergangen, aber ich glaube, dass niemand das so persönlich nahm wie Faith. Buffys Betrug wurde in ihren Augen zu einem unverzeihlichen Verrat.*

Und da wir auf dem Höllenschlund leben, reichte eine potenzielle Katastrophe natürlich nicht aus, nein, es musste auch noch Miss Gwendolyn Post auftauchen, die neue Wächterin. Ihr Auftrag, so behauptete sie, sei nicht nur die Ausbildung von Faith, sondern auch meine Überwachung, denn der Rat fürchtete angeblich, ich sei „zu amerikanisch" geworden, was auch immer das bedeuten sollte. **Kaffee trinken, auf der richtigen Straßenseite fahren, weniger über Football lästern ... so was fällt schon auf.** *Diese Ankündigung „erleichterte" meinen Arbeitsalltag natürlich ungemein, vor allem, da das Umfeld der beiden Auserwählten nicht gerade den konventionellen Ratsvorstellungen entsprach.*

Hinzu kam die Suche nach dem Handschuh von Myhnegon, einem magischen Gegenstand, der dem Träger unvorstellbare Macht verleihen sollte. Keiner von uns ahnte, dass Miss Post selbst das größte Interesse an diesem Handschuh hatte und als ich erwähnte, Angel habe ihn in seinen Besitz gebracht, schlug sie mich nieder.

Nicht mehr niedergeschlagen zu werden, ist nebenbei bemerkt etwas, woran ich wirklich arbeiten sollte. Abgesehen davon, dass das auf Dauer nicht gesund sein kann, stört es mich, ständig auf Fußböden aufzuwachen (hauptsächlich auf dem der Bibliothek), ohne zu wissen, wie ich dorthin gekommen bin. Das ist äußerst irritierend.

Ich bin schon öfter niedergeschlagen worden als Giles.

Ja, aber immer von mir, das zählt nicht.

Zurück zu Miss Post, der, wie sich später herausstellen sollte, Ex-Wächterin. Der Rat hatte sie bereits vor längerer Zeit wegen ihres Interesses an dunkler Magie entlassen und angeblich ein Memo darüber geschrieben, was aber nie ankam. Typisch ...

Miss Post hatte bereits damit begonnen, Faith von uns zu entfremden und wollte sie jetzt dazu benutzen, Angel zu töten und den Handschuh an sich zu bringen. Faith ließ sich tatsächlich manipulieren, aber Buffy beschützte Angel und schlug Miss Post die Hand ab, als sie den Handschuh überstreifte. **Ich mag deinen Stil. Zeitlose Eleganz.**

Nach diesem Zwischenfall suchte Faith nur noch selten die Nähe der Gruppe. Auch wenn wir ihr immer wieder versicherten, dass sie uns vertrauen könne, schien sie nicht mehr dazu bereit zu sein. Zwar verbrachte sie eine Nacht mit Xander, was er völlig überbewertete, aber das hatte nichts mit Zuneigung zu tun. **Xander und die Frauen. Das ist ein Thema, über das man ein Buch schreiben sollte.** **Ein sehr kurzes …**

In dieser Zeit, bevor es zum endgültigen Bruch zwischen Buffy und Faith kam, bemerkte ich, wie unterschiedlich beide ihre Aufgabe angingen. Während Buffy mit ihrer Position als Auserwählte Probleme hatte und sich gerade zum Ende der Highschool oft nichts anderes als ein normales Leben wünschte, ging Faith in ihrer Berufung auf. Sie liebte die Aufregung, die Gewalt und den schnellen Erfolg. Wenn sie Vampire töten konnte, war alles einfach. Es gab keine Unsicherheit, keine Zweifel, keine Probleme, sondern nur den Dämon auf der einen und sie auf der anderen Seite. Ich bin sicher, dass Faith sich nur in diesen Minuten, wenn sie dem Bösen gegenüberstand, wirklich als eine der Guten fühlte.

Außerdem machte es sie an. **Wirklich? Ich hätte mehr Zeit mit ihr verbringen sollen.**

Und das sollte leider auch so bleiben. Das Auftauchen

von Captain Couragious alias Wesley Wyndham-Pryce, ihrem neuen Wächter, war der Auslöser (aber nicht die Ursache) einer Katastrophe, die Faith schließlich in die Arme des Bürgermeisters treiben sollte. Der völlig unerfahrene und viel zu überhebliche Wesley war Faith nicht gewachsen. Sie respektierte ihn nicht, sagte sich von allem los und zog mit Buffy durch die Stadt, um ein paar Vampire zu töten. Die Vampire starben, aber auch ein Mann namens Allan Finch, Assistent des Bürgermeisters. Faith pfählte ihn in dem Glauben, er sei ein Vampir.

Sie war nicht die erste Ausgewählte, der ein solcher Unfall passierte, aber wie schon bei der Ermordung ihres Wächters war sie nicht in der Lage, dieses Versagen jemandem einzugestehen, sondern bat Buffy, alles zu verschweigen. Dann erzählte sie mir, Buffy habe Finch getötet. Natürlich glaubte ich ihr nicht. Das Scheitern dieses Plans und Wesleys idiotische Reaktion auf Faiths Verhalten trieb Faith endgültig – wie Buffy sagen würde – auf die „dunkle Seite der Macht". Sie verbündete sich mit dem Bürgermeister und half ihm bei seinem Aufstieg zum Dämon. Sie tötete erneut, dieses Mal mit voller Absicht und der Bürgermeister revanchierte sich, indem er sie wie eine

Tochter liebte, ihr ein neues Appartement schenkte, ein digitales Spielgerät Das war eine Playstation. Bei Gelegenheit würde ich Giles gerne im 20. Jahrhundert willkommen heißen. **Wir sind im 21. Jahrhundert.** Wir schon, aber er ist noch im 19., also ein Schritt nach dem anderen. *und ein Messer.*

Faith erwies sich als echte Gegnerin, der Buffy nur wenig entgegensetzen konnte, aber als Faith Angel vergiftete und klar wurde, dass nur das Blut einer Auserwählten ihn retten konnte, hatte sie ihr Blatt endgültig überreizt.

Buffy stellte sie zu einem Kampf auf Leben und Tod. Faith wurde schwer verletzt und sprang auf einen fahrenden LKW, um noch im Tode zu verhindern, dass Angel gerettet wurde.

Das misslang ihr, denn Buffy gab Angel von ihrem Blut zu trinken und rettete sein Leben. Es liegt eine gewisse Ironie in der Tatsache, dass Buffy und Faith nur wenige Zimmertüren voneinander entfernt im Krankenhaus auftauchten. In einem gemeinsamen Traum erklärte Faith, wie der Bürgermeister zu töten sei – und zu unser aller Erstaunen war das sogar die Wahrheit.

Obwohl die Ärzte sicher waren, dass Faith nie wieder

aus ihrem Koma erwachen würde, tat sie vor einigen Tagen genau das. Sie verschwand aus dem Krankenhaus und entdeckte ein Videoband und einen Gegenstand (eine Katra), die ihr der Bürgermeister hinterlassen hatte. Mit letzterem, so erklärte er in seiner Aufzeichnung, habe Faith die Chance, ein letztes Mal wirkliches Unheil anzurichten.

Eine solche Chance konnte sie sich natürlich nicht entgehen lassen, und so nutzte Faith die Gelegenheit und tauschte ihren Geist gegen den von Buffy aus. Während Buffy in ihrem Körper von Ratswächtern abgeholt wurde, **Das ist nun wirklich nicht mein Lieblingsteil der Geschichte.** *nahm Faith ihre Identität an.* **Wir nähern uns aber rapide meinem Lieblingsteil.** *Sie übernahm ihr Leben, ihre Freundschaften, ihre Beziehung, flirtete sogar mit Spike* **Und schon ist mein Lieblingsteil vorbei.** *und lernte in diesen Tagen etwas kennen, das sie nie zuvor erlebt hatte: ehrliche Freundschaft und Zuneigung, die keine Gegenleistung verlangte.* **Können wir den sentimentalen Teil überspringen?** *Das muss ihr gefallen haben, denn obwohl sie ein Flugticket mit Joyces Kreditkarte gebucht hatte, blieb sie in Sunnydale, um Menschen zu retten, die Vampire in einer Kirche als Geisel genommen hatten.*

Parallel zu diesen Ereignissen kehrte Buffy zurück und überzeugte mich schließlich, **Nach langer Debatte!** *dass sie tatsächlich die war, die sie behauptete zu sein. Willow und Tara stellten eine neue Katra her und nach einem Kampf mit Faith, die aus ihrer Selbstverachtung keinen Hehl mehr machte, konnten sie erneut die Körper tauschen. Faith floh in einem Güterzug aus Sunnydale.*

Nachtrag

Inzwischen wissen wir, dass Faith wegen Mordes in einem Gefängnis außerhalb von Los Angeles sitzt. Vielleicht wird sie dort lernen, ihre inneren Dämonen zu überwinden.

Wahrscheinlich werden die anderen Insassen eher ihre inneren Dämonen fürchten lernen.

28.09.2002

Willow

Hi, ich bin's, Willow ... das ist jetzt ein bisschen seltsam für mich, sozusagen als Gastautorin hier zu schreiben. Giles sagt, ich kann die anderen Einträge ruhig lesen, es sei nicht privat, mehr eine Art Wächter-Monster-Buch, kein richtiges Tagebuch. Aber ich tue es trotzdem nicht. Das wäre irgendwie falsch, so wie Leute heimlich mit dem Fernglas zu beobachten, wenn sie es nicht merken. **Oder sie mit einem Zauberspruch zu häuten.**

Sei still, lass Willow in Ruhe!

Anscheinend bin ich einen Eintrag in einem Wächter-Monster-Buch wert, wer hätte damit schon gerechnet? Macht mich das böse? War Dr. Jekyll böse, weil Mr. Hyde getötet hat? Vermutlich schon, schließlich hat er Mr. Hyde ja erschaffen. Und der hat ziemlich üble Dinge getan, hat Menschen geschlagen und ausgeraubt, obwohl er niemanden gehäutet hat. ~~Das habe~~

Giles ist der Meinung, ich solle selber entscheiden, was ich über meine Magie schreibe, wo ich anfange und aufhöre. Ich kann schreiben, was ich will, vorausgesetzt es wird nicht länger als ein durchschnittlicher Tolstoi-Roman (sagte er zumindest). Aber ich glaube, es wird viel kürzer. Soviel gibt es nicht zu sagen.

Es war so: Da war Magie, ich habe die Kontrolle verloren, Tara starb, ich tötete ihren Mörder, Giles wollte mich aufhalten, ich nahm seine Magie, spürte das Leiden der Welt, wollte alles vernichten, wurde von Xander gerettet, verspreche nie wieder Magie anzuwenden. Finis.

29.09.2002

Okay, das war ziemlich feige. Vielleicht sollte ich noch einmal von vorne anfangen.

Tara, Buffy, Xander, Anya und Dawn ... sie haben nie verstanden, was Magie tatsächlich bedeutet. Sie dachten, es sei eine Sucht so wie Heroin, dass man sich besser fühlt, wenn man Magie einsetzt und das immer wieder braucht, so wie diese kleinen Schokoladenhasen, die man isst, bis einem schlecht wird oder die Tüte leer ist. Aber Magie ist viel komplizierter – und viel schöner.

Ich fing damit in den Sommerferien 1998 an. Giles war nicht begeistert, als ich ihm davon erzählte, weil er mich für zu jung hielt, aber Magie üben ist wie Geige spielen. Man muss es früh lernen, sonst wird man nie richtig gut. Zuerst konnte ich nur Kleinigkeiten wie einen Bleistift schweben lassen oder Flammen zum Tanzen bringen, doch nach und nach wurde die Magie in mir stärker. Es war wie eine Batterie, die sich immer weiter auflädt, ohne voll zu werden. Dabei wusste ich, wenn sie jemals voll würde, wäre ich die mächtigste Hexe in dieser Existenzebene. Dann gäbe es nichts mehr, wovor ich mich fürchten müsse – kein Vampir, kein Mensch, kein Dämon.

Ich glaube, die Sache eskalierte nach Buffys Tod … nach ihrem zweiten Tod, also dem langen Tod zwischen den beiden kurzen. Giles ging zurück nach England und wir blieben in Sunnydale und versuchten, so gut wie möglich weiterzumachen. Der Buffybot half uns bei den Patrouillen, aber die Verantwortung lag bei mir und meiner Magie. Ich musste stärker werden, um uns alle zu beschützen.

Und natürlich, um Buffy zurückzubringen. Giles hätte dieses Ritual niemals zugelassen, aber nachdem es funktionierte, dachte ich, er würde meine enormen Fähigkeiten anerkennen. Doch er nannte mich nur eine arrogante Anfängerin. Als er das sagte, spürte ich zum ersten Mal die Wut in mir.

Es ist erschreckend, wenn man diese Wut spürt, aber auch befriedigend, weil man weiß, dass man mit der Macht, die zu ihr gehört, alles erreichen kann. Rack zeigte mir, wie man die Macht weckt. Er war ein wirklich mächtiger Hexer, aber die Magie, die er verteilte, war unrein und gefährlich. Sie gab mir das Gefühl, nur vollkommen ich zu sein, wenn ich sie einsetzte. Es war, als wäre ich mein ganzes Leben blind gewesen und hätte erst jetzt gelernt zu sehen. Ich wollte nicht wieder blind sein.

Aber ich versuchte es für Tara, für Buffy, für alle, die unter meiner Magie gelitten hatten. Vielleicht hätte ich es sogar geschafft, wenn Warren nicht gewesen wäre. Als die Kugel, die für Buffy gedacht gewesen war, Tara tötete, kam die Wut mit einer solchen Macht zurück, dass sie mich auslöschte, bis nichts mehr außer ihr blieb.

Diese Wut häutete Warren bei lebendigem Leib und tötete ihn; sie tötete auch Rack und saugte seine Magie aus. Und sie folterte Giles, als er den Kampf mit mir aufnahm. Er war von einem magischen Zirkel mit reinster magischer Essenz versorgt worden, um mich aufzuhalten. Als das nicht funktionierte, brachte er mich dazu, seine Magie auszusaugen, in der Hoffnung, dass die reine Essenz die Menschlichkeit in mir wecken würde. Das hätte ihn beinahe umgebracht. Er hat mir das nie gesagt, aber ich weiß es trotzdem.

Im ersten Moment, als die Magie in mich eindrang, sah ich nur Leid. Ich spürte den Schmerz meiner Freunde und den der ganzen Welt. Es war das entsetzlichste Gefühl, das ich jemals hatte, schlimmer noch als der Moment, in dem Tara starb. Ich wollte dieses Leiden beenden, also beschloss ich, die Welt zu vernichten.

Okay, das könnte man vielleicht als Überreaktion bezeichnen ...

Zwei Dinge retteten mich: die Essenz der Magie und Xander, der in diesem Chaos aus Wut und Leid Willow fand, mich, die echte Willow, nicht das Ding mit den schwarzen Augen und den ekligen Adern. Ich verletzte ihn, aber er hörte nicht auf und schließlich drang er zu mir durch.

Xander hat die Welt gerettet. Ich weiß, dass ihm das gefällt.

Als Giles mich nach England brachte, dachte und hoffte ich sogar, er würde mich umbringen oder in einen dieser

Kerker sperren, die man im Fernsehen sieht. Die gibt es hier wirklich, aber nicht in dem Landhaus, in dem ich die letzten Monate verbracht habe … glaube ich.

Es geht mir besser. Giles und der Zirkel helfen mir, mit der Magie umzugehen, die zu einem Teil von mir geworden ist. Sie zeigen mir, dass alles miteinander verbunden ist, so „New Age"-mäßig, aber nicht peinlich mit Walgesängen oder Kräutertees oder so. Ich weiß nicht, ob ich die Magie jemals vollständig kontrollieren und ob ich nie wieder zu einer Gefahr für mich und andere werde, aber ich will es zumindest versuchen.

Das ist alles.

Okay, so lang wie Tolstoi ist es nicht geworden und ich habe auch keine russischen Namen benutzt, die sich niemand merken kann. Das sind schon mal zwei Pluspunkte. Ich muss jetzt nach unten gehen. Das schreckliche Ungeheuer, das sich „englisches Frühstück" nennt, wartet bereits. Diesem Kampf werde ich mich stellen, oder es einfach in einer Höllendimension verschwinden lassen …

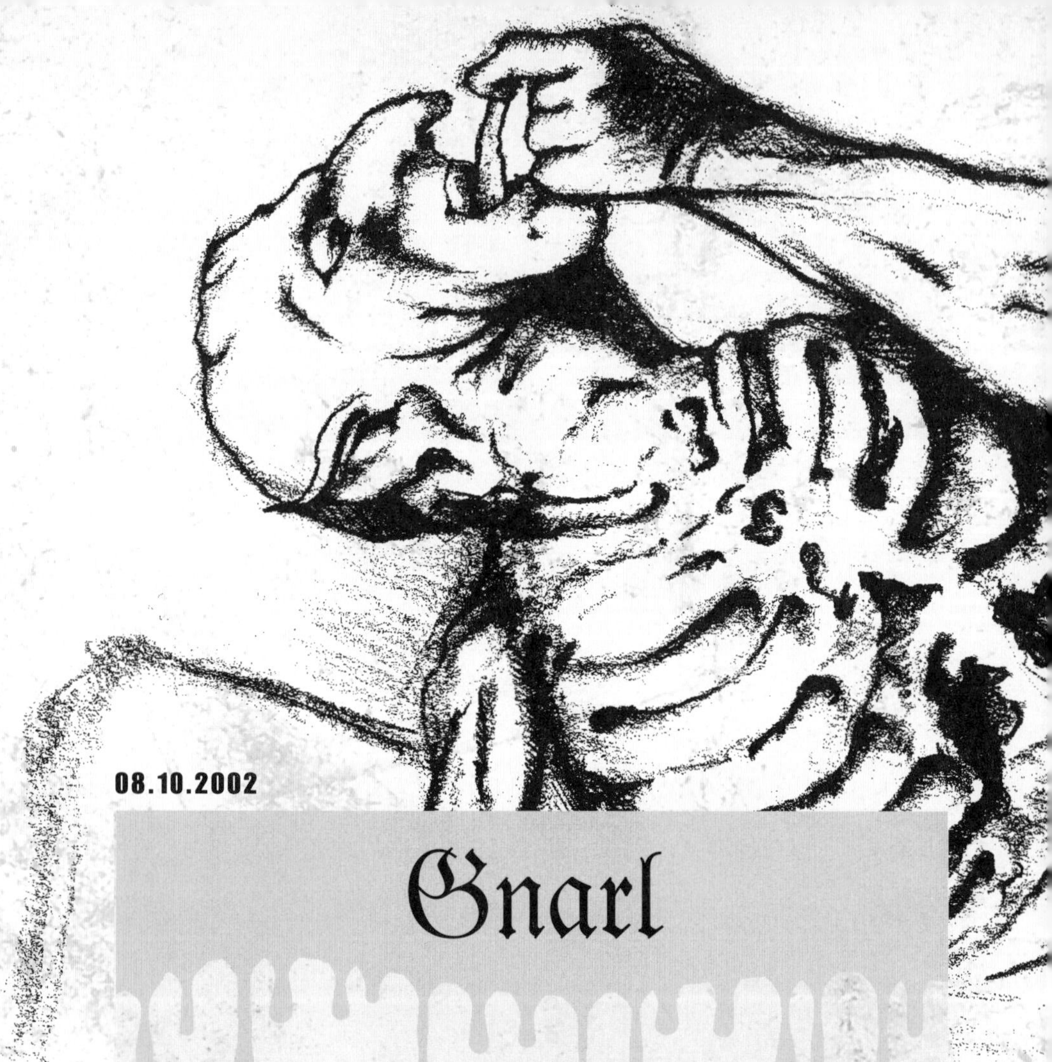

08.10.2002

Gnarl

AUSSEHEN: Ca. 1,60 Meter groß und grünlich. Er ist kahlköpfig, hat eine lange Nase, ein spitzes Kinn und lange, spitze Ohren. Er wirkt dürr, fast schon ausgezehrt.

STÄRKEN: Sehr schnell und agil.

SCHWÄCHEN: Seine Augen.

BESONDERHEITEN: Seine langen Fingernägel sondern ein Gift ab, das seine Opfer paralysiert.

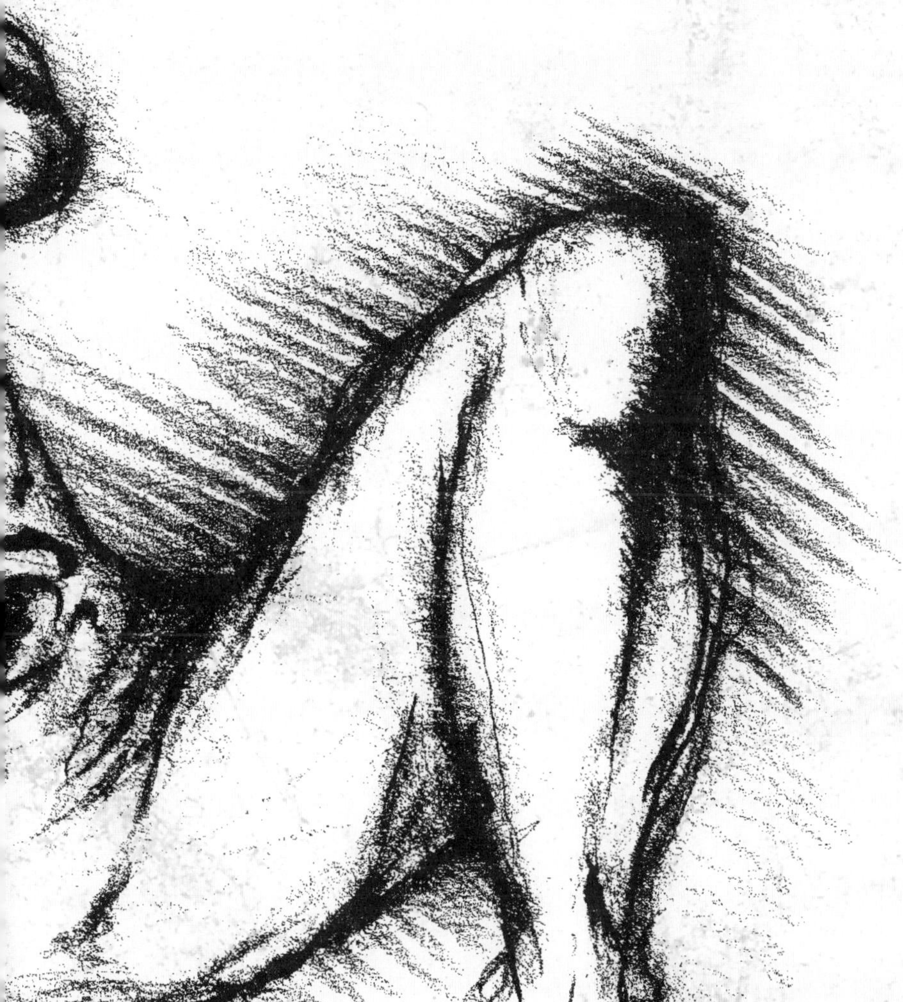

Als ob Willow in den letzten Monaten noch nicht genug gelitten hätte, wurde sie gestern nach ihrer Rückkehr nach Sunnydale auch noch zum Opfer eines Dämons. Anya und sie haben mir am Telefon

davon berichtet und dieser Dämon klingt nach einer besonders widerwärtigen Kreatur. Widerwärtig ist bei weitem nicht stark genug. „Ugh" passt schon besser.

Er nannte sich Gnarl (das ist tatsächlich sein Name und nicht seine Spezies), und seine Hauptbeschäftigung bestand darin, seinen Opfern in kleinen Streifen die Haut abzuschälen, zu verspeisen und das Blut zu schlürfen. Da dies natürlich mit nicht unerheblichen Schmerzen für die Opfer verbunden war, sonderte er über seine langen Fingernägel ein Gift ab, das zu schweren Lähmungserscheinungen führte. Er selbst war natürlich dagegen immun. Während dieser stundenlangen Folterungen quälte er seine Opfer auch verbal und verhöhnte sie. Das Gleiche tat er auch kurz vor einem Angriff, was auf seine übergroße und, da er nicht mehr unter uns weilt, offensichtlich unangebrachte Selbstsicherheit schließen lässt.

Willow fiel ihm kurz nach ihrer Ankunft in Sunnydale zum Opfer. Die Magie, die jetzt ein Teil von ihr ist, sorgte dafür, dass sie für ihre Freunde unsichtbar war, denn sie fürchtete sich vor dieser ersten Begegnung. **Zu Recht. Ich hätte ihr zum Thema „Vernichtung der Welt" ein paar passende Worte gesagt, wenn ich**

nicht gerade irrsinnig in einem Keller gesessen hätte.

Die Betonung lag auf dem Wort „Freunde“, Spike.

An der Baustelle, auf der Xander arbeitete, entdeckte sie die Leiche eines jungen Manns, dem man die Haut abgezogen hatte. Willow befürchtete, ihre Freunde könnten sie verdächtigen, also machte sie sich mit Anyas Hilfe (die sie erstaunlicherweise sehen konnte) auf die Suche nach dem wahren Schuldigen. **Na ja, zumindest der Teil des Plans war erfolgreich.** *Sie fand ihn in einer Höhle, wo er sie paralysierte und begann, ihr die Haut abzuziehen.* **Darin liegt eine gewisse Ironie.**

Mit Anyas Hilfe fanden auch Buffy und Xander die Höhle. Buffy kämpfte gegen Gnarl, und es gelang ihr trotz dessen Schnelligkeit schließlich, ihm die Augen auszudrücken. **Ich möchte so nicht darüber nachdenken.** *Er starb sofort.*

Willow konnte gerettet werden und wurde wieder sichtbar, als sie begriff, dass ihre Freunde bereit waren ihr zu vergeben.

Leider wusste Anya nicht, ob es noch weitere Dämonen von Gnarls Art gibt, aber ich hoffe, dass uns weitere hautfressende Dämonen erspart bleiben. Der Höllenschlund bietet bereits genügend (unangenehme) Überraschungen.

22.10.2002

Anyanka

alias Anya alias Aud

AUSSEHEN: Ca. 1,70 Meter groß, ungefähr Mitte 20, sehr schlank und blond. Als Dämonin besitzt sie ein rötliches, verzerrtes Gesicht mit tiefen Furchen.

STÄRKEN: Dämonische Körperkraft, gute Magie-Kenntnisse.

SCHWÄCHEN: Nach langer Zeit des Menschseins zimperlich geworden; hat Angst vor Kaninchen.

BESONDERHEITEN: Menschlich gewordene Rachedämonin, die sich zwischen beiden Zuständen nicht richtig entscheiden kann.

Anyanka wurde als Aud im Skandinavien des neunten Jahrhunderts geboren. Sie lebte mit ihrem Mann Olaf in einem kleinen Dorf im Norden Schwedens, züchtete Kaninchen[2] und führte ein einfaches, aber nicht unangenehmes Leben. Kein fließendes

[2] *Es ist interessant, dass es in der skandinavischen Mythologie ein Paar namens Aud und Olaf gibt, die allerdings aus dem 7. Jahrhundert stammen, von königlicher Abstammung waren und nichts mit Anya zu tun haben dürften.* Noch eine Fußnote im eigenen Tagebuch und wozu? Um vor sich selbst mit nutzlosem Wissen über Ikea-Land anzugeben? Giles ist manchmal seltsam … **Ich mache mir immer noch Sorgen über die Kettensäge.**

Wasser, keine Zentralheizung, kein Kabelfernsehen... Knaller ... Allerdings war Aud überaus eifersüchtig, zu Recht, denn Olaf betrog sie mit der Kellnerin Rannveig. Als sie das herausfand, drehte sie durch und verwandelte Olaf in einen Troll.

Dieser durchaus beeindruckende Zauberspruch blieb nicht unbemerkt. Ein Dämon namens D'Hoffryn tauchte auf, beglückwünschte sie zu ihrer Leistung und bot ihr einen Anstellung als Rachedämonin an. Dort sollte sie nur das tun, was sie gerade bereits getan hatte: betrogene Frauen rächen.

Aud willigte ein. D'Hoffryn verwandelte sie in einen Dämon und gab ihr den Namen Anyanka. **Ich mochte diesen Namen schon immer. Er hat einen besonderen Klang.** Wenn ich mich richtig erinnere, mochtest du nicht nur ihren Namen.

Bevor ich mit Anyanka fortfahre, ein paar Worte zu D'Hoffryn. Er ist bereits ein alter Dämon, der die gleiche Gesichtsform und -farbe wie Anyanka und die anderen Rachedämonen zeigt. Er trägt einen langen, chinesisch wirkenden Bart, den er unter dem Kinn zusammenbindet. Die vier Hörner auf seinem Kopf scheinen keinen besonderen Zweck zu erfüllen. Er würde sie ohnehin nicht benötigen, denn als

Anführer eines Dämonenclans ist D'Hoffryn äußerst mächtig. Seine Fähigkeit, Menschen in Dämonen zu verwandeln, ist hierbei besonders interessant, obwohl nicht ganz deutlich wird, ob er die Erlaubnis des Menschen benötigt, oder nur aus Höflichkeit darauf wartet. Diese Frage erfordert eindeutig weitere Nachforschungen.

Giles' Antwort auf alles: weitere Nachforschungen!

Aber zurück zu Anyanka. Man kann viel über ihre Grausamkeit und Brutalität sagen, doch als Rachedämonin war sie eine Künstlerin, der es gelang, aus jeder Frau einen Rachewunsch hervorzulocken. Es gab wohl nur wenige, die mit einem solchen Enthusiasmus und einer fast schon überschäumenden Kreativität an ihre Arbeit gin-

gen. Anyanka wurde über die Höllendimensionen hinweg berühmt und galt als eine Art Schutzheilige betrogener Frauen. Einer der Höhepunkte ihrer Karriere dürfte sich 1905 in St. Petersburg, Russland abgespielt haben. Dort gelang es ihr, eine friedliche Demonstration gegen den Zaren in den Beginn der russischen Revolution zu verwandeln. **Das war wirklich eine tolle Leistung. Ich erinnere mich noch daran, wie wir alle auf Anyankas Wohl getrunken haben.** *Was getrunken? Wein?* **Lass uns das Thema wechseln, okay?** Begleitet wurde Anyanka dabei von ihrer guten Freundin Halfrek, ebenfalls eine Rachedämonin.

Aber auch die besten Zeiten finden ein Ende und Anyankas kam, als sie den Fehler machte, nach Sunnydale zu kommen. Cordelia war zwar dumm genug, sich von ihr zu einem Rachewunsch hinreißen zu lassen, aber das daraus entstandene Paralleluniversum verging, als ich Anyankas Machtzentrum (das sich in ihrer Halskette befand) zerstörte. Damit endete auch ihre Existenz als Dämon. Anyanka wurde zu Anya, einer jungen, äußerst direkten – manchmal unangenehm direkten – Frau, die eine Beziehung mit Xander einging ... während ich dies niederschreibe, wird mir erst klar, wie bizarr das eigentlich war. **Endlich spricht jemand aus, was ich seit Jahren denke!** Sie passen vielleicht nicht so gut zusammen wie Siegfried und Roy, aber bizarr ist übertrieben.

Diese Beziehung endete abrupt, als Xander Anya am Traualtar stehen ließ, was sie dazu veranlasste, sich erneut in einen Rachedämon zu verwandeln. **Gut gemacht, Xander ...** Aber sie hatte nicht mehr wirklich das Zeug dazu. Ihre Jahre als Mensch hatten ihr den Wert des Lebens deutlicher gemacht, als ihr jetzt als Dämon lieb war. Trotzdem bemühte sie sich, ein Unterfangen, das in einem furchtbaren Massaker in einer Studentenverbindung endete.

Buffy wollte Anyanka töten, doch Willow gelang es, D'Hoffryn zum Eingreifen zu bewegen (D'Hoffryn mag Willow und versucht seit ein paar Jahren, sie zu einer Rachedämonin zu machen). Er nahm das Massaker zurück und tötete Halfrek, um Anya durch diesen Schmerz zu bestrafen. Sie wurde wieder menschlich ... hoffentlich zum letzten Mal.

TEIL 3

INDEX

Bodycount: Wer wurde wann, wie und wo von Buffy zur Strecke gebracht!

STAFFEL 1

Folge	Name	Dämonenart	Methode	Ort
1x01	Thomas	Vampir	Pfählung	Mausoleum
1x02	Anonym	Vampir	Pfählung mit Ast	Friedhof
	Anonym	Vampir	Pfählung mit Billardqueue	Das Bronze
	Anonym	Vampir	Mit Becken geköpft	Das Bronze
	Luke	Vampir	Pfählung	Das Bronze
1x04	Monster-klaue	Vampir	Mit Zaunpfahl gepfählt	Vorgarten
	Miss French	Rieseninsekt	Mit Machete zerhackt	Keller
1x05	Mitglied von Aurelius	Vampir	Pfählung	Friedhof
	Andrew Borba	Vampir	Pfählung	Leichenhalle
1x08	Moloch	Dämon	Stromschlag	Fabrikhalle
1x12	Anonym	Vampir	Pfählung	Park
	Meister	Vampir	Aufgespießt	Bibliothek

STAFFEL 2

Folge	Name	Dämonenart	Methode	Ort
2x01	Anonym	Vampir	Mit Ast gepfählt	Brücke in Park
2x02	Stephan Korshak	Vampir	Mit Schaufelgriff gepfählt	Friedhof
2x03	Anonym	Vampir	Pfählung	Hinter dem Bronze
	Anonym	Vampir	Pfählung	Schule
	Anonym	Vampir	Pfählung	Schule
2x04	Ampata	Dämon	Mumifizierung	Museum
2x05	Machida	Dämon	Schwert	Keller
2x06	Anonym	Vampir	Mit Schild gepfählt	Kürbisstand
2x07	Anonym	Vampir	Pfählung	Gasse

Folge	Name	Dämonenart	Methode	Ort
2x07	Anonym	Vampir	Pfählung	Schulhof
	Billy Fordham	Vampir	Pfählung	Friedhof
2x08	Anonym	Vampir	Pfählung	Vor dem Krankenhaus
	Anonym	Vampir	Pfählung	Vor dem Krankenhaus
2x09	Anonym	Vampir	Pfählung	Friedhof
2x11	Anonym	Vampir	Pfählung	Park
2x12	Bezoar	Dämon	Spitzhacke	Schulkeller
2x13	Anonym	Vampir	Pfählung	Vor dem Bronze
	Anonym	Vampir	Pfählung	Vor dem Bronze
2x14	Richter	Dämon	Raketenwerfer	Einkaufszentrum
2x18	Kindestod	Dämon	Genickbruch	Krankenhaus
2x21	Anonym	Vampir	Pfählung	Friedhof
	Anonym	Vampir	Pfählung	Friedhof
2x22	Anonym	Vampir	Pfählung	Vor dem Summers-Haus
	Anonym	Vampir	Köpfung	Anwesen
	Anonym	Vampir	Pfählung	Anwesen

STAFFEL 3

Folge	Name	Dämonenart	Methode	Ort
3x01	Anonym	Dämon	Erstochen	Dämonenfabrik
	Anonym	Dämon	Mit Axt erschlagen	Dämonenfabrik
	Anonym	Dämon	Erschlagen	Dämonenfabrik
3x02	Anonym	Vampir	Pfählung	Summers-Haus
	Ovu Mobani	Dämon	Augen mit Schaufel ausgestochen	Summers-Garten
3x03	Anonym	Vampir	Pfählung	Straße
	Anonym	Vampir	Pfählung	Straße
	Anonym	Vampir	Pfählung	Straße
	Anonym	Vampir	Pfählung	Versteck
3x05	Candy Gorch	Vampir	Mit Spachtelgriff gepfählt	Bibliothek
3x06	Anonym	Vampir	Pfählung	Versteck
	Anonym	Vampir	Pfählung	Versteck
	Larconis	Dämon	Verbrannt	Versteck
3x07	Anonym	Vampir	Pfählung	Friedhof
	Lagos	Dämon	Mit Axt enthauptet	Friedhof
3x08	Anonym	Vampir	Pfählung mit abgebrochenem Besenstil	Straße
	Anonym	Vampir	Pfählung mit abgebrochenem Besenstil	Straße
	Anonym	Vampir	Pfählung mit abgebrochenem Stuhlbein	Magieladen
3x09	Anonym	Dämon	Erstochen	Park
3x10	Anonym	Todesbringer	Mit Axt getötet	Unterirdischer Ritualplatz
	Anonym	Todesbringer	Mit Axt getötet	Unterirdischer Ritualplatz

Folge	Name	Dämonenart	Methode	Ort
3x11	„Mr. Sanderson aus der Bank"	Vampir	Pfählung	Friedhof
3x11	Hänsel-und-Gretel-Dämon	Dämon	Mit Pfahl aufgespießt	Vor dem Rathaus
3x12	Anonym	Vampir	Pfählung	Park
	Kralik	Vampir	Weihwasser	Sunnydale Arms
3x14	Anonym	Eliminati	Pfählung	Friedhof
	Anonym	Eliminati	Pfählung	Kanal
	Anonym	Eliminati	Pfählung	In der Nähe der Lagerhalle
	Balthazar	Dämon	Stromschlag	Lagerhalle
3x16	Anonym	Vampir	Pfählung	Vor dem Bronze
	Anonym	Vampir	Pfählung mit Billiardqueue	Im Bronze
3x18	Anonym	Mundloser Dämon	Erstochen	Park
3x19	Anonym	Vampir	Pfählung	Friedhof
3x20	Anonym	Vampir	Pfählung	Kanalsystem
	Anonym	Höllenhund	Mit Armbrust erschossen	Vor der Schule
	Anonym	Höllenhund	Erstochen	Vor Sporthalle
	Anonym	Höllenhund	Genickbruch	Vor Sporthalle
3x22	Bürgermeister	Dämon	Explosion	Bibliothek

STAFFEL 4

Folge	Name	Dämonenart	Methode	Ort
4x01	Eddie	Vampir	Pfählung	UCS-Campus
	Sunday	Vampir	Pfählung	Verbindungshaus
4x04	Gachnar	Dämon	Zerquetscht	Verbindungshaus
4x06	Anonym	Vampir	Pfählung	UCS-Campus
4x07	Anonym	Vampir	Pfählung	UCS-Campus
	Hus	Rachegeist	Erstochen	Giles' Haus
4x08	Anonym	Vampir	Pfählung	UCS-Campus
4x09	Anonym	Helferdämon	Genickbruch	Wohngebiet
	Gentlemen (3)	Dämon	Schrei	Kirchturm
4x10	Anonym	Vahrall-Dämon	Erstochen	Höllenschlund
4x12	Anonym	Dämon	Stromschlag	Kanalsystem
4x17	Anonym	Vampir	Pfählung	Friedhof
	Anonym	Vampir	Mit Pfeil erschossen	Vampirnest
	Anonym	Vampir	Pfählung	Vampirnest
4x18	Anonym	Dämon	Erstochen	Friedhof
4x21	Adam	Triborg	Batterie entfernt	Initiativen-Hauptquartier

STAFFEL 5

Folge	Name	Dämonenart	Methode	Ort
5x01	Anonym	Vampir	Pfählung	Friedhof
	Anonym	Vampir	Pfählung	Friedhof

Folge	Name	Dämonenart	Methode	Ort
5x02	Cyrus	Vampir	Mit Armbrust erschossen	Harmonys Versteck
5x02	Peaches	Vampir	Pfählung	Harmonys Versteck
	Brad	Vampir	Köpfung	Harmonys Versteck
5x02	Mort	Vampir	Mit dem Horn eines hölzernen Einhorns gepfählt	Harmonys Versteck
5x03	Toth	Dämon	Erstochen	Xanders Appartement
5x04	Anonym	Vampir	Pfählung	Friedhof
	Anonym	Vampir	Pfählung	Friedhof
5x05	Anonym	Vampir	Pfählung	Vor Lagerhalle
5x06	Anonym	Lei-Ach-Dämon	Erschlagen	Magic Box
	Anonym	Lei-Ach-Dämon	Genickbruch	Magic Box
5x08	Sobek	Dämon	Zu Tode geprügelt	Irgendwo in Sunnydale
5x09	Anonym	Queller-Dämon	Erstochen	Summers-Haus
5x10	Anonym (5)	Vampir	Pfählung	Gasse
	Anonym	Vampir-Zuhälter	Pfählung	Gasse
5x11	Anonym	Vampir	Pfählung	Kloster
5x18	Anonym	Dienerwesen	Armbrustpfeil	Glorys Haus
5x22	Anonym	Vampir	Pfählung	Hinter der Magic Box

STAFFEL 6

Folge	Name	Dämonenart	Methode	Ort
6x03	Tamagenesis	Dämon	Köpfung	Gasse
6x04	M'Fashnic	Dämon	Erschlagen	Keller des Summers-Hauses
6x05	Anonym	Dämon	Aufgespießt	Baustelle
	Anonym	Dämon	Köpfung	Baustelle
	Anonym	Dämon	Genickbruch	Baustelle
6x06	Anonym	Vampir	Geköpft	Friedhof
	Anonym	Vampir	Pfählung	Friedhof
6x07	Anonym	Vampir	Geköpft	Friedhof
	Anonym	Vampir	Pfählung	Friedhof
	Anonym	Dämon	Erstochen	Friedhof
	Anonym (3)	Sweet-Diener	Erschlagen	Bronze
6x08	Anonym	Vampir	Pfählung	Straße
	Anonym	Vampir	Pfählung	Magic Box
6x12	Anonym	Dämon	Fleischwolf	Double Meat Palace
6x13	Anonym	Dämon	Rückgrat gebrochen	Friedhof
	Anonym	Dämon	Erschlagen	Friedhof
6x14	Anonym	Kriegerdämon	Erstochen	Summers-Haus
6x15	Anonym	Vampir	Pfählung	Friedhof
	Anonym	Dämon	Genickbruch	Straße
	Anonym (mehrere)	Baby-Dämonen	Handgranate	Gruft
6x16	Anonym	Dämon	Erschlagen	Hochzeitsfeier
6x17	Anonym	Dämon	Erschlagen	Keller des Summers-Hauses
6x18	Anonym	Vampir	Pfählung	Friedhof
	Anonym	Vampir	Pfählung	Friedhof

Folge	Name	Dämonenart	Methode	Ort
6x19	Anonym	Vampir	Pfählung	Friedhof
6x20	Anonym	Vampir	Pfählung	Friedhof
6x22	Anonym (ca. 5)	Dämonen	Erstochen/Köpfung	Grab

STAFFEL 7

Folge	Name	Dämonenart	Methode	Ort
7x01	Anonym	Vampir	Köpfung	Friedhof
7x03	Anonym	Gnarl-Dämon	Augen ausgedrückt	Höhle
7x04	Anonym	Vampir	Pfählung	Leichenhalle
	Anonym	Avilas-Dämon	Verbrannt	Schule
7x05	Anonym	Spinnendämon	Mit Axt erschlagen	Wald